红色经典

铭／记／历／史

缅／怀／先／烈

珍／爱／和／平

红色经典

铭／记／历／史

缅／怀／先／烈

珍／爱／和／平

红色经典文学丛书

狼牙山五壮士的故事

战地记者——沈重作品集

沈重 著

民主与建设出版社

·北京·

序言

徐光耀

当代著名作家 电影编剧家
抗日战争亲历者
"小兵张嘎之父"

一位老八路军的自白

徐光耀/文

　　回顾我的一生，有两件大事，打在心灵上的烙印最深，给我生活、思想、行动的影响也至巨，成了我永难磨灭的两大情结。这其中一件便是抗日战争。

　　我是1938年参加八路军的，当时十三岁，以后一直在部队工作了二十年，经历了抗日、解放、抗美援朝三场战争，大小战斗打过一百多次。抗战八年，可以说，无论什么罪——苦、累、烦、险，急难焦虑，生关死劫，都受过了；熏过一回毒瓦斯，还落在鬼子手里一次，但都闯过来了。大背景是全民受难，大家都奋斗，都吃苦，流了那么多血，死了那么多人，个人星点遭际，有什么值得絮叨的呢？

　　然而，永远难忘的是那些浴血英雄，是那些慷慨捐躯的烈士。他们没有计较过衣食男女之事，没有追求过功名利禄之私，即使死去了，也没给自己或亲族留下私财私产，最后拥有的仅仅是祖国大地上的一抔黄土！可正是这个赤条条，才显出他们那牺牲精神的纯洁神圣、伟大崇高！如果说人性，还有比这种人性更高尚的吗？

斗争的激剧、残酷、壮烈，不仅激发了人们的昂扬斗志、崇高品德，也极大地密切了军民、军政、同志之间的血肉联系，大家在救亡图存、为共产主义奋斗的光辉理想照耀下，前赴后继，视死如归，把流血牺牲当作家常便饭。英雄故事，动人业绩，日日年年，层出不穷。昨天还并肩言笑，挽臂高歌，今儿一颗子弹飞来，便成永诀。这虽司空见惯，却又痛裂肝肠。事后回想，他们不为升官，不为发财，枕砖头，吃小米，在强敌面前，昂首挺胸，迸溅鲜血，依然迈过一堆堆尸体，往来穿行于枪林弹雨之中，这精神，这品格，能不令人崇仰敬佩，产生感激奋励之情吗？

但我们终于挺过来，胜利了。回头一想，那需要写文悼念以光大其事的人，又有多少啊，真是成千上万，指不胜屈。再一想，他们奋战一生，洒尽热血，图到了什么，又落下了什么呢？简直什么也没有。有些人，甚至连葬在何处都不知道！正所谓活不见人，死不见尸。但是，他们还是留下了，留下的是为民族自由、阶级翻身、人类解放的伟大实践，和那令鬼神感泣的崇高精神。这精神，是中华民族生存的支柱、前进的脊梁，是辉耀千古的民族骄傲。

所以，当有朋友说想为广大青少年编一套"红色经典文学"系列丛书，并且一再邀请我作序，我欣然同意了。历史和现实都告诉我们，青少年一代有理想、有担当，国家就有前途，民族就有希望，实现我们的发展目标就有源源不断的强大力量。

"红色经典文学"系列丛书精选了多位作家在重要历史时期的、最具代表性的、能激励青少年积极向上而且至今都具有深刻教育意义的优秀作品，旨在为广大青少年提供一套集教育性和可读性于一体的革命传统教育读本。这套书不仅弘扬红军战士、八路军战士、游击队员以及儿童团员不怕艰难困苦、坚韧不拔、可歌可泣的革命精神，而且展现了当时青少年发愤图强、不屈不挠，时刻准备着为共产主义事业贡献终生的积极风貌。

壮歌慷慨谁能忘，英雄豪气贯长虹。书中一个个鲜活的历史人物，一曲曲惊天的慷慨壮歌，一阵阵激荡的历史风云，承载着无上的光荣伟大，蕴含着丰富的民族智慧，闪烁着璀璨的精神之光。历史如同一面镜子，透过它，青少年们才能发现今天幸福生活的来之不易。无数优秀的中华儿女为了民族的独立、人民的解放，甘愿抛头颅、洒热血、前赴后继，他们的先进事迹时刻激励着后人们，他们永远是我们中华民族的骄傲，永远是我们学习的榜样。

希望广大青少年阅读这些革命传统教育读本，可以在缅怀中感动，在感动中汲取力量，并将这种力量化作心中闪闪的红星，指引他们秉承前辈们的遗志，认真学习，为实现中华民族伟大复兴的中国梦添砖加瓦，迎接和创造更加灿烂辉煌的明天！

2020 年 7 月 29 日于自拔斋

目录

目录

棋盘陀上的五个"神兵"

风萧萧兮易水寒,壮士一去兮不复还!

易水南畔矗立着一座齿形的插入云霄的大山,巍然以其险峻雄姿俯瞰着易、满、徐、定、保区域的平原和山地。这座铁壁样的大山,就是狼牙山。在狼牙山西边的巅崖上,安置着千百年来为人们所景仰的远近闻名的名胜——棋盘陀。(关于棋盘陀流传着一个古老的传说:据说当时附近的一个樵夫曾经在陀上旁观两个仙叟下棋一局,世上已经逝去若干年月了;而留在陀上的大石棋盘和樵夫吃剩的桃核——后来变成一片铁块——便是那传说永久的纪念。)

然而,自从九月二十五日以后,人们不再陶醉于那用一块大石来作为标记的奇诞的传说,而是传诵那曾经为诗人所歌颂的、在易水河畔慷慨悲歌的壮士的故事,在今天人们亲眼见到的五个"神兵"鬼泣神惊的新战绩的面前,前者的颜色也黯淡下来。

今天歌唱反"扫荡"胜利的边区东线的人民和军队,在唱出他们最高昂的音调,在齐声颂扬着棋盘陀五个壮士英勇奋战的功绩。继承了八路军传统的顽强战斗的五个壮士,给青年边区子弟兵带来了高尚的骄傲和无限的光荣,人民因有了这样的子弟兵而获得了更多的夸耀和勇敢。

棋盘陀也给予了进攻的敌人以威服。敌高见部队长九月二十七日召集其部下数千人在营头开了两天"庆祝占领棋盘陀"的大会,他训斥着他的部下:

"学学八路军顽强战斗的精神吧,学学他们五个,我们连队被地雷炸死的都有一百多!……"

敌人是可以开两天会、唱两天戏的,因为他们的"一百多",因为他们曾经在棋盘陀上"占领"过一个钟头。可是关于"地雷",高见"太君"却说错了,八路军的地雷还舍不得拿去放在像连通狼牙山和棋盘陀那样的羊肠小道上(八路军的地雷是要拿去炸铁路的)。在那些小道上所安置的和每处都给日本皮鞋所踩到而爆炸的,是地道边区造的三个一束的手榴弹(只是安置了机关而已),可是就是这样的"地雷",也曾让五十多个"皇军"飞舞起他们的"无言旋归"了。

就从九月二十五日起,狼牙山下方圆数百里的每个人都在仰望着傲然的棋盘陀,不管他是抗日的人抑或是敌人。

九月二十五日晨四点钟,狼牙山内外线两面敌人同时向我腹地狼牙山"搜剿":内线之敌约二千余人,从三道河、龙王庙、东水、西水、石家疃、菜园、杨树林七路游击;外线之敌,一路百人由管头北沟、乌马骡,一路三百余人由沙岭搜索前进。这样,整个狼牙山每条山沟都有了敌人。搜索的网织得密密的,敌人下了最大的决心来捕捉这网里的"鳄鱼"。

一个多月来"扫荡"失败的经验,使敌人感到,假如这条守在棋盘陀上的"鳄鱼"再继续存在的话,那么,一切仍像以前一样,敌人在保、定、徐、易、满的动作，杨成武及其主力是可以知道得清清楚楚的，敌人在我游击作战之下仍将节节失利。于是，敌人经过几天的武装侦察和部署，调动了三千兵力，企图给这条山里的"鳄鱼"以最后的歼灭。

敌人也是知道的，守卫着要隘狼牙山的不是别人，而是威震华北，曾经在黄土岭、南坡头和涞源城等处给予敌人以沉重打击而让他们最惧怕的"丘部队"。敌人更明白，不久以前他们在敌伪报纸上所捏造的"丘蔚被俘"的消息是玩的什么把戏。实际上这位丘团长现在正和他的一部分战友及电台站在棋盘陀的巅崖。所以，敌人不惜织起偌大的战网来网罗这凶猛的"鳄鱼"。

"鳄鱼"没有像敌人那样傻，他留下了他的天线和两个班，一溜烟就撤走了。

"皇军"若有所得似的向着天线杆前进，准备显示一下他们的好身手。

七连三班和六班节节抗击。

午。太阳照亮了人眼，可是三班和六班的一部分也奉令像烟一样钻到山的海里去，找不到了。

留下的是六班五个健壮的、年纪都在二十五岁以下的青年。

五个人从横岭由北往南向陀上靠。这样，就转到敌人和连的主力的侧面，可以阻击敌人，掩护主力从容地移撤。

"嗵，嗵……啪……"四支套筒枪和一支三八枪在响着。

枪吐出勇敢的花朵，把拉网的敌人都吸引到五个人的周围来了。

"空，轧轧……空空轧轧轧"敌人的掷弹筒和机枪全向五个人伸出长长的火舌。

班长马宝玉，仍像往常一样稳重，不多说话，沉着地指挥：

"宋学义，先走。"

"不，你先走。"

"我比你走得快，快走嘛！"班长怕矮个子宋学义走不快，急起来了。他永远关心着旁人，为了旁人，他宁可自己落在后边掩护撤退。也就是因为对人忠诚，他获得了全连人的热爱，并被选为党的小组长。

"胡福才跟着胡德林，向上爬，走这条路。"

是什么样的路呢？一句话：不是深岩绝壁而能够借着荆条根攀爬的就算是路了。在这条路上，日本人的皮靴没有能够站稳，有八个"皇军"摔下崖去了，没有等到那五个人的子弹赶上去迎接他们。

而这五个两年前是贫农的战士，在敌人的炮火追击下爬上去了，就像两年前他们在家里上山去割草一样。

机枪热得伸长它的火舌，掷弹筒的心"空空"地跳着向前追赶。

"啪，嗵嗵——嗵嗵，啪……"五支枪在断断续续地抵抗。

"同志们，"布尔什维克葛振林用着他的曲阳土话喊了，"情况紧急，敌人都跟着来了，坚决抵抗呀，完成任务呀！"

"对，完成——成——任务，咱们坚决完成……"胡德林用年轻人的嗓音回答着，并打了敌人一枪。

五个人节节向陀顶撤。

"轧轧轧……"火舌跟着。他们被逼迫得只有向南退。

"班长，班长！"胡福才嚷起来了，"糟糕！"

"什么？"

"咱们这块地方三面都是绝崖！"

一点也不错。三面绝崖，当中是三米阔的长条凹地，只有一条"路"可以从西北面两个小坡头之间过来。三架机枪在左右和前面叫嚣着，三个掷弹筒离小坡头就三百多米远。

然而，凹地和长草可以隐蔽，小坡头可以利用，机枪不发生效力，敌人也难以上来。

班长看完了地形。"同志们，"他音调沉着地说，"只有拼了，敌人很难上来，来一个就打一个。"

"在这里反正是不会赔本的了。"胡福才说。

"轧轧轧轧……"机枪在三面咆哮。敌人离坡头有二百多米远。

"瞄准，"班长命令着，"放！"一个在草里抬起头来的敌人滚下山去了。

敌指挥官挥着红旗在吆喝着。

机枪夹紧,掷弹筒的炮弹落到崖下去。

"呀……"三十多个敌人从一百米处冲上来了。

"优待优待的——优待的……"是日军的叫声。

班长的脸涨红了:"优待你一个手榴弹!"

"轰!"大家都掷下手榴弹,"轰轰轰!"

"皇军"们习惯于打滚——一翻身就下去了。血染红了山坡……

枪和手榴弹接连打下去了敌人第二次和第三次的冲锋。

第四次,大山经过一度静默,忽然又像从梦里惊醒过来似的——

"轧轧轧轧轧空。空。轧轧空空……"机枪、掷弹筒齐声咆哮,山岳震动。

"班长,"胡德林叫着,"我的子弹没有了。"他挥着他的空弹夹子。

"手榴弹。"

"手榴弹也只有一颗了。"

"谁不是一个,看我的——"宋学义举起他的手榴弹在旁边咕噜着。

"呀……呀……呀……"这回三十多个尽是日本兵。

"轰轰轰……"皇军们又一次地翻了他们的跟斗,留下几摊鲜血滚下去了。

班长还有一颗手榴弹,这是全班最末一颗手榴弹了。

手榴弹给手握得紧紧的,都发热了。

沉默,班长望着前面的青天,坡顶上有一朵小野红花在秋风里摇曳。

班长思考着:这最后的一声爆炸是给敌人,还是给现在都齐集跟前、用灼热的眼望着自己的同志们?

山坡下有一个头在伸探。

"轰！"惊天动地的声响从班长手里摔下去。

沉默。五双眼睛在交换眼神，五颗心在奏着一个节拍，燃烧过的枪支紧握在每个人的手里。

"好的，同志们！"班长拍了一下大腿，"只有一条路——"接着是低哑的声音，"咱们跳崖！"每一个字都像铁锤一样地打入五个人的心坎。

"对！"葛振林响应了他的党小组长的号召，"咱们坚决抗日到底，为了保卫边区，咱们死也是光荣的！"

"都是八路军，不是边区的也是中国人！"河南人胡福才涨红了他的脸。

"行啦，跳吧！"胡德林站起来，山坡上映着伟大的身影，"要死咱们都死在一块吧！"

山坡下，机枪轧轧轧地又在咆哮了。

"呀……呀……呀……"那是敌人第五次冲锋。

敌人的头也看到了。

班长叫着："同志们，我们的武器也不要给敌人拿去呀！"

"拆！"班长那支曾经用血换来的三八式步枪，被他自己的手砸在大石头上断成两段。四支套筒枪接着也给毁坏了。这是战士的伴侣、生命的枪呀！"剥！"——是敌人没有响的手榴弹落在了脚下。

"跳吧！同志们！"班长喊着。

五个人，一齐向下……

葛振林和宋学义给树枝挂在半空，二十丈绝崖的沟底有着三堆血肉……

敌人"占领"了那小块凹地和棋盘陀。风在吼，衰草萋萋。

崖边的日军都惊呆失色了:"五个的?五个的五个的!"翻译官向清乡队叫喊起来:"八路军真坚决啊,摔死不投降!"

"我们是个什么东西呢,老乡们!"伪军们手指着崖下,哭了,"这才是中国人哪!"

寂寞的夕阳洒在血红的山坡上。

后来日军进到老经堂,和那个曾经在甲午战争时参加过战争的八十多岁的老道谈起这五个勇士。

"我当过几十年的兵,"老道说,"还没有见过像八路军这样的军队,真是神兵啊!"

"神兵的?"日本小队长是为"神兵"所惊服了,他向天空礼拜着。他以为五个壮士都英勇牺牲了,然而,那个日本小队长错了,挂在树上的两个壮士在第二天早晨就回来了。宋学义的腰受了重伤;葛振林却已经回到他岗位上,率领他的班每天早晨在操场里跑步了。

现在,他们两个仍然是以其顽强的姿态屹立在棋盘陀上。

棋盘陀,像雄伟的烈士塔上不可动摇的石像,在守卫着边区东线的门户。

(原载 1941 年 11 月 5 日《晋察冀日报》)

关于平山农民合作社

——晋察冀社通讯

当你一到平山偏僻的村庄，偶然想买点什么东西的话，那么，无论哪一个老人或小孩都可以引你到一家堆着些布盐糖杂货的小屋子里去。那间屋子也许很黑暗，也许还有这么个堆满肥皂火柴之类什物的木架子。但一铺土坑却照例地占了这屋子不小的面积，这不像一家商铺。当你准备买什么东西的时候，屋主人也许不一定在家，那么这时候带你去的人便会到田里把他叫回来。于是，你见到的是一张朴实的农人的脸，这个人便是某村农村合作社的社长，这间屋子便是合作社。

平山的合作社是普遍的，几乎每个村子都有一个或大或小的合作社。平山除了六七两区是游击区外，其余各区仅有二十二个村子还没有建立起来，这二十多个未完成的村合作社，现在正在进行建立当中。

它是怎样生长起来的呢

平山的农民合作社今天是受群众爱戴得像网一样地散布在各个村落里了。然而它的发展不是偶然的,而是在抗战建国的道路上和千百万边区的人民的要求和拥护下,经过不断地艰苦斗争成长壮大起来的。

当我边区政权初步建立,人民还没有抗战必胜的信心,人心惶惶,物价高低不统一,百姓痛苦万分。那时敌人对边区实行粮食封锁,敌占区粮食比边区粮食卖价高,物价极不统一。就拿平山相距很近的洪子店与回舍来讲吧,当时洪子店小米每斗一元一角,而回舍却卖到一元九角,每斗相差到八角这样大的数目。

平山县农会有鉴于此,觉得要为人民谋幸福,安定人心,安定生活以利抗战,实有建立合作社的必要,于是一九三八年三月边区首创的平山农民合作社在农会发动下成立于洪子店,立即集了五十多股股本,约一百元,出现在洪子店的集场上了。在回舍成立了粮食股,把洪子店买到的米运往那边去卖,只赶了两个集,资本就增加到四百多元,到了第三个集(一十五天)上,就把洪子店与回舍间的米价平衡了,人民生活眼看着有大的改善。合作社的影响很大,群众看到合作社是为他们自己谋利益的,便有大批的股份参加合作社,在两个月里就组成了十一个区合作社(即今天的合作分社)。

同年五六月间,因合作社营业蒸蒸日上,自不免与贸易局的工作有些抵触,因此当时县政府曾经打算把合作社改为交易所,后经大家讨论的结果，合作社不改名而只规定它为对内营业的性质，对外贸易则由贸易局经理。

七月边区下令叫平山吸收六万元法币。合作社社长老韩自动到县政府财政科说，合作社如能取得对外贸易权利以利合作社发展的话，合作社至少能担任吸收法币三万元，这样，合作社便被允许有对外贸易的权利。当时边票因受敌人汉奸的破坏与奸商的操纵，一元边币只合法币八角左右，若吸收一万元法币，预计合作社便要贴出五六千元——虽然后来合作社因卖去涨了价的存货而只贴出了三百元。但是那时合作社为了巩固边钞、打击伪钞与发展本身营业起见，仍不顾一切困难地向前干去。于是每个合作分社派三个干部，每人挑着装满货品的木箱子下乡卖货去。这些箱子上一面写"优待抗属，凡持光荣证的，一律折扣"，另一面写"拿边币买货欢迎至极"。只一个多月的艰苦奋斗，到敌人八九月间围攻边区时，合作社已收集了二万多元法币。这样，就帮助提高了边币的威信，造成群众拥护边钞的热潮，粉碎了汉奸的无耻造谣，直接打击了敌伪币钞，使敌伪币钞在边区日益绝迹。也就是这样，合作社取得了政府和民众的信任与爱护。

九月，政府统制贸易令下，叫合作社与贸易局共同办理。当时，群众非常信任合作社，认为合作社是他们自己的（许多百姓全是它的股东）。在合作社的宣传号召下，都愿意把货物买卖完全经过合作，就连货物出口的土货出口证等，也交给合作社办理。合作社在群众热烈拥护下把本地的土产如花椒、核桃、杏核等货物经过小商人到敌占区换取我们所需要的盐、煤油、火柴、小米等货物来。经过合作社的小商人是有许多好处的，因为商人想买得我们的便宜土货谋利，他会想出许多办法拿我们的必需品来给我们交换的。这样，我们是以货换货，法币不流出去，打破了敌人对我们的封锁，统制了我对外贸易，并且我们自己不到敌占区去，一点危险都没有。货价还不致为商人所提高操纵，因为有别的商人在等着也想与我们交易呢。

十二月，政府号召普遍成立村合作社，当时平山很快就成立了五十多个。此后，平山合作社就在军政民一致爱护底下，更壮大起来了。

它是在巩固与扩大着

在军政民一致爱护下的合作社，今天已建立起十二个分社，四百二十九个乡村合作社（其中有四十二个是模范合作社）。县总社及分社资本有二万余元，连村合作社共有资本四万余元，营业每月在十万元左右（县总社及小觉镇合作分社每月营业都在二万元左右），拥有股东一万九千余人，创造与提拔了合作社干部一百三十多人，成立了农具生产合作社两个，毛巾袜子生产合作社一个，还有一个织袜合作社正在进行中……

它每月盈利大概在三万元左右。县区合作社每月盈余的百分之四十给股东，百分之三十作农会经费，百分之十为公积金，百分之十为救国捐，百分之十为工作人员的酬劳（工作人员只有十分穷苦的才得酌量给以津贴，普通工作人员全是义务职）。村合作社对盈利的分配却不同：计百分之五十为社员红利，百分之十为公积金，百分之二十为工作人员报酬，百分之十为公益金，百分之十为本村群众团体的经费。

平山农民合作社，它从开始一直到今天，都是在农会领导之下工作的，它的股本也大部分是经过县农会发动下级农会或请其他群众团体代为推售的。农会与合作社已成为不可分离的两面，农会推动着合作社的事业，合作社也成为农会的支柱，把群众像铁一样团结在抗日的农会周围，成了农会的最基本群众。同时合作社的干部也都是农会里特别挑选出来的优秀分子。而且，合作社不仅只是团结农会的群众而已，它还团结别的团体的群众在抗战建国的大旗帜之下。例如，妇救会曾发动妇女做鞋子卖给合作社作为股本，现已入了三百多元，这样，合作社便与妇女们有了密切的经济关系。合作社又像农会一样，它的股东虽然大多数是贫苦的农民，然而它又是一个统一战线的组织。

同时，它是受政府直接指导的。每月召开分社社长联席会议时，县政府派员参加他们的会，来指示工作方针；各区公所也定期召开分社社长联席会议，讨论合作社一切进行事宜。同样地，合作社是保护坚决执行与巩固政府各种法令的坚强武器，是安定秩序、拥护政府的民众组织。

合作社与军队有密切的关系，更不用说，军队里的粮食等差不多全是由合作社代办的。有的时候，为了军队的便利，合作社还特地派人到军队驻扎地去为军队筹备食粮。这样，因为合作社人和地熟的关系，部队供给尽可交给合作社去办，反正合作社是站在便利部队的立场上公平交易的。

此外，合作社还不放过每一件有利于抗战的事体，比如慰劳部队（已慰劳了一千一百多元）；清除汉奸腐化分子，如在郭苏捉到白面（海洛英)客数十人(内有汉奸一人已枪毙),帮助垦荒(特设信用借贷股,借出贷款在五百元以上),运输股金及宣传等均认为是自己的工作。

他们的干部差不多全是农民出身,正好像农会老刘所说:"他们别的都不大懂得,只知道抗日救国。"因之,他们干部教育大都是由口头及会议上来教育的。县区合作社社长常亲自或派人到各村巡视指导与教育干部,并在各种会议上进行着教育。他们县合作社每半月开社务会议一次,经常会有小组讨论学习问题。且为了克服办训练班的困难,常把较弱的干部调到总社里给以更多的学习机会。此外,有每月一次的检查委员会,五天有一次管理委员会。其社员大会县区合作社每三月一次,村合作社六月一次,在大会上社员有选举、罢免等权利。记者曾出席过他们的社长会议。在会议上,各个从战斗里锻炼出来的社长们除了将工作详细报告外,还进行了严厉的自我批评，在会上用农人朴实的作风，坦白地检讨了各人的错误，由此可见他们自我教育的深入。

现在合作社已经深入到其他两游击区里去了。在游击区里有六七个合作社在打着游击，挑着担子到各处去卖货物。就在平山城东，现在也已集到二千多元的资本，准备开合作社了。今天的平山农民合作社，就使人有一个感觉，即是，它在巩固与扩大着，同整个的边区一样。

它将向哪里发展？

合作社同边区一样，在战斗里它是壮大了，而且在继续克服弱点，生长新生力量向前发展着。那么，它将向哪里走？当然，为了巩固与发展自己的组织，他们除了准备加强干部教育，培养提拔大批优秀合作社人才和继续扩大资本外，更确定了以下的新的工作方针：

（一）向生产合作社前进，辅以消费信用合作社。因为只有向生产方面努力，才能自给自足，才能根本粉碎敌人封锁，才能以乡村战胜城市，完成抗战建国的任务。今天的平山合作社已开始向这方面迈进了。

（二）把本地的生产消费作一个周详的统计，有计划地统制了贸易，使各村一切交易均通过合作社，老乡不出村子就能够交换货物，这样，还可防止汉奸的活动。

（原载 1939 年 10 月 25 日、27 日《抗敌报》）

复活

——三个投降的日本兵

我随着卫生队到寒水的时候，前方下来的伤员里有三个日本俘虏，其中那个名叫中田的特别引起了我的注意。

中田有着南方热带土人的气息，黑黑发亮的脸，卷发，衣服散乱，显然是在睡梦中急跳起来没有扣扣子就打起枪来的。笑的时候那颗装了半边金的牙齿便随着露了出来。

引起我注意的不是他那土人样的胸膛和粗壮的指头，而是他头上包在细带里的那块药棉，因为绑带没有缚紧，使得他时常把掉下来的棉花一回又一回地重新塞进绑带去。那块棉花底下有一小条不很重的刺刀伤，使我觉得他有南方土人械斗者的感觉。

他用还不算坏的北方话告诉我，他很可惜在慌乱中失去了他的手表和八百多块钱。可是他否认自己是"太君"，虽然从他的动作和态度上，我们看出来他像是一个军官。

临别的时候，他在我的笔记本上写上他的名字：中田善太郎；还向我鞠躬道谢。

敌工干事彭××同志告诉我关于他的故事：

南坡头的战斗已经结束了，房里炕上地上到处堆着死尸。战士一遍又一遍地搜索过去，死尸随着战士们手的动作而改变着姿态。

都死了吗？敌工干事怀疑这许多伤者里面没有一个可以救活的。

他开始喊话：

"八路军不杀俘虏，我们优待俘虏。"

还告诉那些死尸，八路军不但给俘虏物资上优待，并且养好伤还送他们回去，最后还保证所说的话都是事实。

一个背着王八篓子（日本式手枪）的死尸动了，而且哼了起来。

敌工干事赶快又把话重复了一下。

死尸突地跳了起来，恭敬地向敌工干事要求："杀了我吧，太君！杀了我吧，太君！"

"不，不杀你，我们优待你。"

"真的吗？"死尸眼里发着光亮。

"真的，我们是反对日本军阀的侵略战争，为什么要杀你呢？"

"那么，好，快送我到后方去吧！"

刚把他带到门口，他不走了，敌工干事问他为什么。

"把他们也一块带走吧。"他要求把另外几个装死的伤兵也带走。

于是，另外两个死尸也活了，也给带到后方去了。其中一个叫中原，是一个伤了嘴巴的军需官。

那第一个复活的日本人就是中田君，三十六岁，仔库县人。

双干节于灵邱

（原载 1940 年 10 月 30 日《抗敌报》）

灵寿民兵主力队

——晋察冀社通讯

　　灵寿民兵为了准备迎接敌寇残酷的冬季"扫荡"，曾经检阅了自己的力量，显然经过了胜利的辉煌的"百团大战"的锻炼，这些由纯朴的健壮农民们所自动组织的民兵是更加壮大了。在这次检阅中，勇敢走出四百个最精干的青年农民（每区有四十到八十人参加）组织成灵寿民兵主力队，这支精练的主力队是要在保卫边区的神圣任务面前起骨干作用的。

　　随着敌情的变化，灵寿自十一月九日起宣布了全县大戒严：接近游击区的地区设立了三条严密的封锁线，除普通戒严外，有人日夜监视敌人，举行了联防。各村有二十到六十人分成岗哨、通线联络、巡逻队、紧急情报等组织监视敌人，肃防汉奸活动。同时，对坚壁清野工作也特别注意，如灵寿慈峪镇，除将窗门拆了，街道堵塞外，并将附近可以建立碉堡的大土台也摊平。所有这些准备工作能胜利完成，灵寿民兵主力队都起了重大作用。但是主力队不仅在战前充分地进行了准备工作，而且在反"扫荡"战役开始后，继续配合着主力部队不断打击着敌人。

本月十四日，主力队百余人，掩护二千五百个自卫队破坏灵寿到朱仓的汽路，并收割电线三百斤，电杆二十余根。此日，破坏了桃里、瓢里等处堡垒。十六日，在灵寿城附近掩护我千百自卫队破坏了由灵寿到慈峪的汽路八里。

十二日，敌经过潭庄一带时，我×区主力队袭击敌运输队，结果打死驴骡共六匹，获得战马鞍一座，三八子弹二百余发，饼干罐头等胜利品一部。

在战斗中，英勇的青年民兵直接参加了战斗，妇女、儿童、老人也同样地配合部队，积极担任各种战时任务。如×区××村的壮丁全部参加主力队去了，一切日夜岗哨警戒、探消息、送信都是由妇女、老头、孩子们来干的。该村一个十一岁的儿童，曾在暗黑的夜里从十九里地以外的村庄，自个儿送信来。又如该村老头队提议让青年妇女们躲开，但是她们立刻提出抗议，以为躲开是耻辱，并且说：他们青年的都去打鬼子去了，难道我们干这点事都不行吗？我们要坚持村里的工作。

在长期的伟大的反"扫荡"斗争的初期，灵寿民兵主力队已起了很大的配合作用，在残酷的斗争中他们锻炼得更坚强了。

（原载 1940 年 12 月 2 日《晋察冀日报》）

记八月初旬三专区的交通战

在分区司令部,躺在我面前的那张纸上堆着一群数目字,是这样的:

动员民兵:一万五千人;

平沟:一百七十六里;

毁路:二十六里;

摧毁:桥梁十八座;堡垒五个;汽车四辆;

敌伪伤亡:四十四人;

俘伪村长、特务等:一百二十六人;

收获:电线五千一百米;电杆九十二根。

那是八月一日至九日我们三专区军民破击敌人的统计清单。这个统计不仅证明了我们交通战之胜利收获,并且表现出这次破击是一次全方位、不间断的尖锐斗争。

今年三月以来,敌寇即以大批武装在各地搜索、强征民夫修路挖沟,同时又大肆宣传反共,并派小部军队及特务到处骚扰,企图造成游击区的恐怖局面,驱逐抗日力量,以实现其封锁、蚕食和毁灭我边

区之目的。正是这样，敌人在三专区不仅打通了满城到易县及易县
到涞源的公路，结成了公路网，并沿路挖封锁沟，企图断绝我工作之
联系，阻碍我工作之进行，扩张其统治的范围。

人民望着自己的土地，仇恨着敌人。

于是我们分区的司令员号令："我们要坚决开展游击战的对敌斗
争，粉碎敌寇'治安强化运动'的阴谋！"接着英勇的子弟兵和人民在
四月进行了浮图峪的伏击和涞易全线的破交战，五月克服夏庄、石头
村、眺山营敌据点，六月进行了袭炸和平汉线（徐水漕河段）岭南、留
扬、马厂、遂城等地的战斗（四月至六月大小战斗八十七次），击溃了
敌伪在易、满、徐、定地区的四次"扫荡"。而四月至七月间的破交战，
分区司令员在一篇文章里曾记下以下的成绩：破交战一一五次，破路
二五〇里，填沟七十里，摧毁桥梁三一座及堡垒二五个……

然而，现在是八月了，青纱帐比人还高，人们回忆起去年的百团
大战来了。

人民和军队摩拳擦掌："我们又可以大搅一下了吧，看看我们的
土地，看看那条断命的沟……"

断命的沟？是的，是断命的，人民一想起那条一丈深、一丈五尺
宽的死蛇一样的深沟——山前的封锁沟就无限愤恨！多少家土地给
挖毁了！多少家的田地给挖沟挖去了！

这是一条人民多么想要咬着牙给埋填了的沟啊，上千的民兵和
军队跟着都跳下去了。

民兵以极其熟练的技术来对付这深恶痛绝的冤家。

冤家？是的，同志，看看沟上边每隔一二里的三层的堡垒吧。沟

是直直的,在平日,你就是插翅也难从两个堡垒间的火力封锁线之间飞过去,何况沟两边的路上还都挂着灯,来往着人和狗。那是往日,而在今天,我们上千的平沟专家们挖着土,就在堡垒旁边。

平沟专家——就是那些光着身子的民兵们?一点也不错,用他们自己的话来讲:"我们这一般的庄稼佬全给敌人训练(口气特别着重)出来了。"看看他们的动作吧:他们有组织地在分着工;他们在挖掩体,这样,在敌人打枪时也可以不停止工作;他们在撬沟壁,这样,堆在沟旁的土会因失去支撑而自动垮下来,民兵只要再略加埋填就成了坡形的平地,可以走人赶车,而且下回敌人来挖将更困难,非把沟放宽几尺不可;他们互相比赛,他们不要命地填平……

那么,他们效力大吗?毋庸置疑,我可以随便举一个人来做例子,就说那谢黑龙的老父亲吧,他一个人在那天晚上平了两丈沟;还有他,那个壮年刘望儿,他同他的同村人一样,平沟两丈多。

在平沟期间,军队与民兵一样,没有情况时一样在分给他们的地区里平沟,还有民兵发起了竞赛,军队里的伙夫、勤务员也下沟干了起来。军队的指挥员们指挥着,战士也指导着人民。部队挑来水,叫唤大家喝,沟把人们的心团结得更加紧密。

就这样,在三天里,那条敌人以两辆坦克、四门大炮、一千余兵力掩护两万民夫用二十天工夫强行挖通的、从大王店到桃村的封锁沟,在我们七千民兵的努力之下被完全填平了。

四日,白天敌人出来挖沟修路,但晚上又给填平了。民兵还破毁了徐水到遂城及樊城到户木间的三个堡垒。以后,敌人也不再出来了,任凭撬棍、电线、汽路的断绝,坐在堡垒里干望着贴在壁上的十四条夏季纲要和野外的青纱帐叹气。

五日至九日，我们把活动的主力转移到易涞线上。在我军民积极活动之下，敌寇干线如紫荆关至大盘石，五安镇至涞源，五安镇至团堡及紫荆关至易县等汽路均遭到破坏，桥梁电线一概给以扫荡，汉奸、特务、伪组织也受到了很大的打击。

同时，东南线我们军民仍活跃着：把满城到石头村及向巷儿之汽路、紫荆关公路、桥梁、电线都给以破坏。

这样，整个三专区周围的各敌占据点都被孤立着、威胁着。

伪军到处托人求情，愿意为八路工作或逃到我们这边来。

从一日起，与破交战同时进行的还有宣传战。我们动员一切宣传部门，展开宣传攻势，军分区十余万份宣传品发了下去，武装宣传队深入到敌人的据点，写上标语贴上传单，敌人擦去了，我们当晚又再给弄上，而且弄得更好更大。我们顽强的攻击，使敌伪感到实在没有办法，而对群众则是一个绝大的鼓励。群众高兴了就开一个群众会，总有百千余人出席。武装宣传队还配合地方开展除奸及争取敌伪工作，在他们的配合与我部队有力的活动下，地方工作有了很大的进展。

定兴的割麦工作，易县和涞源的除奸工作，满城的运粮工作近日都有了极大的收获。一次运粮的群众走错了路，把公粮送到据点××村去了，伪军看见，大加训骂："他妈的，你瞎了眼啦，不是我们要的，快给山里送去吧！"公粮送过来了，这个伪军推进了我们的工作。

群众兴奋着，为着自己的胜利。群众自动征集着慰劳品，大批送到部队里去。慰劳品的堆积，使得部队里的一位同志开玩笑地说：

"嘿,真像过年了!"而站在旁边的老乡还很不好意思地说:"不算啥,小意思,吃完了再给送来!"

群众兴奋着,要求部队去打据点,怂恿着:"你们快去吧,敌人就要跑了!"

群众兴奋着,仍日夜不倦怠地破路、平沟、挖沟。

当记者从前方回来走到胡庄时,这里,几百个妇女儿童在歌唱着欢笑着,她们没有去前面平沟的机会,便在这里自觉地挖起交通沟来。她们所挖的与敌人所挖的完全相反。这沟改变了平原的地形,使军队更便于打击敌人,使人民自己更容易从敌人手里躲开(如果敌人来的话)。妇女们在阳光下兴奋地工作着,正像她们唱着《保卫×分区》歌时的兴奋一样。

群众兴奋着。一个老头子亲自告诉我,在平沟的第二天,集上米价盐价都跌了,米价跌了一元(原来米十元一斗),盐一元可买两斤(原一元一斤)了,末了,他总结:"同志,这个沟你说平得好不好,明天我也要去来它一下子啦!"

军队也兴奋着。×团的号兵在天明撤退,独自到大王店村里向敌人吹着他的得胜号,对着大王店放声欢笑。

如今,只有两件事令人悲哀,那就是敌人的据点和插在堡垒上的日本膏药旗。

(原载 1941 年 8 月 24 日《晋察冀日报》)

三个追兵和机枪

——反"扫荡"手记之二

从敌人跨进边区的门槛，×团侦察员董安计同志就跟紧了敌人的尾巴，敌人到哪里，他也往哪里，这个精壮的侦察班长曾经在八月底混进敌人的队伍里去。而在当天晚上，董安计打了一个哈哈，他回来了，报告的情况极为精细准确。

九月二十一日，水泉庄敌人经下店子、口峪、武家庄，直到夜晚才到达石家庄子。深沉的夜，没有月亮也没有星星。峻砺的山石，叫嚣的河沟。

三个人，从没有路的高山上借着草根爬下，又紧张地走在露着石尖的山谷里。

三个人，追踪着八百多敌人，紧抓住敌人的尾巴，整整有一天又半夜了，虽然这追赶只是用一支盒子炮和两根大枪组成的。这三个人的队伍就是董安计和他的两个侦察员组成的。

他们从武家庄到石家庄子去，董安计的脑中回旋着晚间侦察参谋给他的一条命令——要负责把敌情彻底搞清楚，迅速报告。

脚步加紧。

石家庄子靠着北山坡在冒烟火。

——像是敌人在烧饭？

村边有敌人的哨。

———不入虎穴焉得虎子？一切都为了完成任务，董安计这样想。

慢慢地从河边折返过去。

"啪！"糟糕，偏偏又踏翻一堆石头。

"谁的有！"哨兵在吆喝。

"老百姓"班长随口答应着，见对面没有响声，大胆过去了。

"喂，回来的！"刚走了一步，也许是哨兵怀疑了吧，又向他们吆喝起来。

他们没有停,一直奔向北山坡去。

"啪……"子弹划破了黑夜,把村庄都翻过来了,人呼马叫。

好容易,才爬上山岭。

"班长,"一个声音叫住了他,"你看看前面是什么东西,黑黢黢的。"

什么?

往草里爬过去几步。

枪?枪!一挺机关枪啦!

人呢?怎么会没有人呢?

"咕噜咕噜……"想必是都睡觉了。

三个人散开,两个向前,班长向左,上去。突然班长脚下一软。

"谁呀!有……有人的!"被踩的跳了起来,惊叫着。

人都惊醒了,在乱摸着他们的枪,有两架机关枪上子弹的声音——这是敌人的军士哨。三个人向下滚,班长冲在最前边。一个声音说:"老百姓的,不要怕!""过来呀,老百姓的!"日本人在叫。

但是这三个人连滚带跌地都下山了。后头机枪在响。

当夜董安计用电话向侦察参谋报告了敌情,附带打了他的哈哈:"要是再上前几步,就是一挺弯把子机枪了,抢了走就得……只是,这得下次来过了,哈哈……"

(原载 1941 年 11 月 1 日《晋察冀日报》)

鼻子岭上的奇迹

——秋季反"扫荡"手记之三

鼻子岭,白云围腰,怒视着涞源群山,向人们显示着它的险峻。一条窄路像瘦削的鼻梁,一直从山脚伸向峰顶的隘口,胆子小的,下山要坐着滑下来。

八月二十四日,白石口的敌军二十八人途经关仓时,企图给刚从敌人铁蹄下解放归来的抗日义勇队以猛袭。

就这样,解放义勇队的工作者宋元同志在鼻子岭的南山创造了奇丽的战绩:获得两支大枪、一支手枪和两个俘虏。

敌人的脚步一踩到晋察冀的土地上,老乡就把敌人的行动向义勇队报告了。

左队长决定给偷袭者以伏击,宋元同志和一个抗先①便是这支伏击队派去鼻子岭的侦察员。

晌午,火热的太阳晒着鼻子岭。

---

①抗先:抗日先锋队的简称。

岭上的哨兵没有发现他们。躲在山岩里的宋元同志的盒子枪口像旋风一样地抵住了对方的胸口："不要动,举起手来!"

金翻译官和一个鬼子吓呆了,手枪和藏有军事文件的皮包都顺服地卸了下来。在这里,作为敌伪军工作者的宋元同志,立即开始了他的课程,他向来者解释着:八路军不杀俘虏,优待俘虏并解除敌人给他们的痛苦。翻译官嘴里哼着,眼睛向四下溜,忽然,身子一侧溜滚下山去了。

宋元同志急忙去追赶,探子乘人不备,也一溜烟跑了。

苍茫的长草里难于去寻找躲在深处的敌兵。

宋元叹息着,连第一课还没有上完就走了的无赖的学生。

忽然,山顶上有声音在吆喝着,还走下来三个人。

宋元马上在长草中埋伏。

这回我可要捉到三只野兔了吧?宋元这样默想着。

眼看走近了:十米,五米,两米——

"退瓦机!(举手)"他突然从草丛里伸出盒子枪。

三个做着雁行操的敌人——一个宪兵队长、一个伪兵、一个探子,一齐应声举起手来,缴了两支大枪。

日本宪兵队长吓得像哈巴狗一样地跪拜了起来,慌忙摘下他的手表、钢笔……宋元同志拒绝了他的收买,回答他的是:八路军不搜俘虏腰包,不拿俘虏的东西。

宋元向他们宣传着抗日义勇队的主张——中国人的枪口对外。

那伪兵欢呼了起来:

"好了,你是义勇队的?"

"我叫宋元。"

"噢,那么,送来的子弹收到了没有?"

"你是谁?"宋元问。

那人说自己就是王金元。这下子事情全明白了。这个年轻英俊的伪军,几天前才娶了老婆,义勇队的同志们曾以×××××的名义去信向他致贺,抱歉地说:"没有送上好的礼物!"而现在却轮到这位新郎抱歉了:

"我早就想过来了,却延迟到现在,这一下,你看,倒好了……"他庆幸着。

爬上山腰,宪兵队长装着肚子痛,往地上一倒,蛋一样地滚下山谷里去了。宋元拉开了缴来的枪向山下打去,响声从谷底发出。子弹划破了宋元的右臂,军衣上映出鲜血染成的红花。

"你打吧!"

"怎么!我打?……"王金元诧异起来。

"嗯!"宋元左手把枪把子递过去。现在,几分钟不到,王金元已经用自己的枪向往日的压迫者打起来了。

(原载 1941 年 11 月 2 日《晋察冀日报》)

保定的集中营

——劳工教习所

保定东关外飞机场的西南角上，向东坐落着一所曾经是宋哲元的营房。从一九四〇年的春天起，这座宽大的营房又开始了它的忙碌：墙上张起铁丝网，卫兵在门口来回巡走，黑汽车从远方送来苦难的人们。宪兵的刺刀在阳光里闪动、吆喝着，行人用疾速的步子低着头走过去了。那营房门口挂着大得吓人的一个招牌：劳工教习所。

骤然一看，也许人们会以为这不过是一个工人的训练班而已。然而，不是的。这所营房里的人们比任何人更清楚：他们很实在地给自己加上"俘虏"的称号，而把他们所居住的院子叫作南狱、北狱和西狱。这是监牢，东方的集中营。有三十多个日本兵在把守着它用铁链锁着的大门。

大门的锁链响着，日本兵从汽车上踢下由乡村和城市抓来的人们。人们呻吟着。腿不能行走，已经在新美部队或特务机关被拷打过的身体，现在又给这里的日本强盗的皮靴踢送进"教习所"的大门了。

在日本魔爪所能伸到的地方，人们只要有一点点民族意识和不

"顺良"的思想，或者仅由于日本人高兴（像那个小商贩李恭在路上哼一下小调就给日本兵送进"教习所"那样），那么，具有五十八间囚房的"教习所"便在等待着他了。教习所"犯人"胸前挂着编号，到今年八月四日，这编号就已经出现了3325这个数字——这还仅是住过南北狱两个院子的人数，住在西狱、从河南俘来的六百多中央军和老百姓还不算在内，因为日本人要给他们另立一种编制，日本人企图把他们编成"治安军"。

一跨进"教习所"的大门，人们的衣服就被脱了下来，一律换上灰色的囚衣和一双靴子，永久是这么一套。穿破了只得由你裸体赤足去。这以后，抬砖造窑以及一切笨重的活，就都是这些"犯人"的义务，而吃的都只是一天两顿陈年霉败的小米饭（每顿只许吃两碗），这种陈小米的功用，只能使人们拉稀！因之，没有一个人是不生病的。病了还得服兵役。有个叫王偏头的病了，不能从寒冷的地板上挣扎起来。特务就去了，"病？装蒜"，恶狠狠地将棍子打在他头上。

王偏头痛楚得跳起来，特务却笑了："你看，不是装蒜是什么！"

"走，背石头去，养你是干什么的！"特务用棍子逼着他走了。队长波德野笑眯眯的，在欣赏着这奴才的艺术。

此后，俘虏是再也不说病了。两个穿白袍子的医官整天闲逛着，没事就骂人玩。俘虏在这里没有病，有的只是刑罚和死亡。病了支撑不起来也得干活，不然，刑罚在每个人的脑内威胁着：灌煤油，灌胡椒面，骑活马，坐暗井，双梗，烫火香和喂野狗……这一切都会更残酷地降临到人的身上。抬石头总比这些可怕的刑罚好。王偏头这回挨了打，还是"皇恩"宽赦。在日本的刑罚底下，去年十一月到今年三月就已有二百多个死人给拖出去了！

"犯人"们疑惑着：死人埋到哪里去了呢？这一个谜到后来被猜破了。二班（"犯人"是按班编制的，共十二班，每班二三十人不等）揭开一个枯井（用井的砖石去造窑），发现了几十个赤身的死尸在里边扔着。日本兵并未花一个棺材钱，虽然他们当时说是装了棺材埋葬了的。

枯井的掘开激怒了日本人，他们把"犯人"大打一顿。这以后，死人就索性埋在"教习所"的旁边。附近的狗嗅到从土里透出的死尸的味道，就到处翻腾，以致白骨满地，臭气冲天。这又激怒了讲究体面的日本人，见狗即杀。于是，狗也遭受到了囚禁。狗的主人把狗拴在家里了。

一天，有个日本记者访问了"教习所"。为了装饰门面，波德野指挥着大家玩了一次抢棍子和骑马战（人骑在人上厮打）。结果，二丈长的木棍打坏了人们的头，塘湖姓李的从人马上摔下来死了。像这样武士道的玩法，"囚犯"们是没有一点兴趣的。"犯人"只是想着什么时候才能回家。

许多人刚进"教习所"，日本教官就问了："你愿意到满洲去做工，还是愿意回家？"

谁都回答是愿意回家的，那么，好的，教官说了："你先在这里待几天，到月底放你回去。"

不待又能怎样呢，人好像是落在虎口里的羊。

人们待下去了，期待着这个允诺。然而，月底过去了，另一个月底也过去了，回家的消息是没有的，有的只是整批地被运到满洲或是什么地方去的消息!

人们想着：去抚顺挖煤，去井陉、去山西做一辈子苦工，反正命运和在所内一样。

但是，总觉得去满洲要比在狱里受苦更多一些。他们想死在狱里离乡土近些，也许有尸骨还乡之日！并且盼望着有那么一天，会从日本人的手里挣脱出来。这种念头使人们在狱里的生死线上挣扎着，活下去。

那个教官，不仅强迫人们劳动，诱导人们报名到满洲去，有时还做着"治安强化运动"的宣传。有一次，他捏造事实，报告了各县"治运"的"功绩"以后，接着说："治运强化了，你们也就可以回家了。"

一个人听说后，不禁问了："报告，我的家已经强化了，可以放我回家了吧？"

教官大怒了起来，拍着桌子："割电线一直割到保定城边，还回去个鸟！"

这个人的头缩下去了，重新回到失望里。

消息透露出来了，说是到三月十五日要放走八十一个人，翻译官也来证实这个消息的可靠。

人们想着："这回可得看见爹娘了吧？"等着，焦急。

这个苦苦盼望的日子到来了。队长清点着人们的名字，恰巧是八十一个。他们换上新的黄色的衣服，排在一边，八十一颗心在欢喜地跳跃。

队长训话了："你们应该高兴——"

八十一个高兴着，这回一定是放走了。真是"谢谢老天"。

然而，队长继续说："你们都是年轻力壮的，十班王金福向我跪求了三次，我都没有让他去，"队长在耍弄着自己的威权，"到千金寨去的时候都呱呱叫的——"

　　"什么？""什么！"人们叫了起来，"不是让我们回家吗？！"

　　"到了抚顺就没可能回来，让我死在这里好了。"

　　丁福生跪下来了："求求你，队长，我还有个七十岁的老娘——"

　　"闭上嘴！我让你回你的老家。"队长跳起来，靴子打在头上，丁福生昏倒了，"谁敢乱蹦就枪毙，走！"

　　征兵的刺刀逼近了八十一个的胸口，八十一个都哭着被赶走了。留下的一群人发出叹息，用同情的目光望着那些同自己命运一样惨痛的被赶去的一群。他们知道：千金寨黑暗的砖洞是不会让一个健壮的囚徒（注意是囚徒）活过比三年更多的岁月的。在抚顺，每天有十六小时工作（挖煤）和各种各样的苦难在等待着他们。

　　落在"教习所"里的人，命运是注定了的，没有别的，日本人所给予"囚犯"的路就是奴役至死。

　　监牢里死人的消息更多了，囚徒们得找自己的生路。路，只有一条：逃出去，逃到祖国抗日的地方去。

　　火星在黑暗里燃烧。"反叛"在人们心里生根激长。在这里，人还不如一个臭虫！

　　逃出去，不然也得让枪子给我以痛快的死！人们想。

　　计划秘密地部署起来：七班去储藏室偷铁铲和棍子，六班打开门，十一班下哨兵的枪……打开了北狱再打西狱，然后一齐跑出去。人在死的征途上只有拼着命干了。

五月二十六日夜,满天星星。人们反叛起来了。

人们从挖好的洞里爬出去,跳动着的心充满了金色的希望。

当刘福生第一个爬上外墙而各班尚未取得联络时,电光照射,卫兵的机枪突然"哒哒哒"地响起来了——内奸没给看住,向队长透露了消息。

田野送来馨香,这是多么诱人的人间呀!刘福生不顾一切地从铁丝网间滚下。接着,十八个人跳下去了。这勇敢而美好的十九个生命是奔向祖国的田野去了。

但是,枪和刺刀阻止了其余渴望着生命和田野的人们。

血,流在罪恶的土地上……

今天,那个日本法西斯所造的东方的集中营,仍在啃噬着人的生命,但是那曾经在黑暗里爆发过的火星是永远不会被里面的"囚徒"们所忘记的。

另一个五月二十六日是一定会再来的!——而另一个将不会像这个一样!

(原载 1941 年 11 月 21 日《晋察冀日报》)

一百一十万分之一

——与一个被敌寇捕至伪满服苦役者的谈话记录

同志，听了你的话，才知道我原来是那一百一十万可怜的壮丁里头的一个——日本人是有着那样大的野心。

苦，什么是"不是人"的苦头，我是知道的了：被抓去的奴隶的命运，比牲口还坏。我曾经向许多人说过我受难的经过，那些家里也有人被抓去的人们听了都哭了。我不哭，我只是身上打寒噤！想起了无数陷落在敌人手里、还在"满洲"受难的人们，我心里只是恨。我巴望着他们逃回来，或者是死了也好，只是别受那个有嘴也说不出来的难了吧。

同志，你别性急，我心里有一股热火，一定要向你说说，你干什么的我是知道的。请你替我向边区、全边区的每一个人去说说——我的嘴巴说不过来——让大家知道去"满洲"的人们受着怎样的痛苦，让大家知道敌人的毒辣。

你可以告诉大家，我这个灵寿运销合作社里的郑芝良是怎样受难过来的——

阴历八月初七早晨（阳历我可是记不起来了），我在灵寿漆油沟被敌人捉到女庄。被抓的人不少，有大几百，男的女的都有，孩子啼哭，母亲们用舌头去抵住孩子的嘴巴。哨兵的刺刀亮着，人们看到地上躺着七八个死尸，连动也不敢动了。第二天，前方打得很紧，我们这一群人便给敌人像赶猪一样从陈庄用汽车载到行唐西关的一家店里。从各地被赶来的两千多人全挤在一个墙圈子里，有日本兵把守着。只要日本兵高兴，见了人们躺得不对就会打，日本人用一天两碗稀饭来维持我们的生命。孩子们吃着母亲的残粥，嚷着肚子饿，敌人就打孩子的母亲。母亲们哭泣着，趁敌人不注意，向当地老百姓苦求着把亲生的儿女送给人家。这样，经过当地老百姓向敌军、汉奸的求情，有几十个孩子离开了他们的母亲。孩子们挣扎着要回到母亲的怀抱，但有什么办法呢，孩子母亲的命运比孩子的更加惨痛呀。母亲用眼泪送孩子们离开，嘴里说着：

"孩子乖，你娘去的是死路一条，但你还是要活着的。"

"你在别人家比跟着我过得好。"

"记住你娘啊，孩子……"母亲们都泣不成声了。孩子们嚷嚷着走了，其余没人要的孩子的母亲们还羡慕着被领走的孩子们的幸运。

十八日，我们七百多个男女在长寿车站上了火车，男人们挂着写上"满炭"二字的白布条。女人们抱着孩子，像是给男人送丧的行列。一上那辆车，人们就知道了自己的去向——到"满洲"去。

车向北开，田庄、树林……从眼前过去，人们离自己的家乡和边区渐渐远了。慢慢地，人们把盯住窗外飞逝的土地的眼睛转回到车厢里面，人们轻声嘀咕着：

"这怎么着？"

人们的眼神交换着："到那边去，冰天雪地的那边！"

"听说一天给两个小酸黑馍，到那边去还不是更苦。"

"不是人……唉……"

人们的叹息终归于一致："只有逃。跳出去……"

但是火车飞快地开着，日本兵正监视着人们。人们跑不了。

到丰台换车时敌人发给男人们一身破烂不堪的棉衣（女人们是没有的，更别说孩子了），汉奸们还夸耀着敌人的恩德：

"你看天气越往北越冷了，日本人怕你们冷，发给你们棉衣。"这种恩德我们是不领受的，我们关心的是另一桩事情。

沿路（从山西、平北一带）上来了很多人，车子挤得不行，于是，敌人的慈悲就来了，敌人的命令是：衰弱的老头子老太婆都得下车。原因是"日本人恐怕老人们到'满洲'去吃不下那个苦"。

整个车厢沉浸在哭声里，日本人用棍子和刺刀赶那些老头老婆子们下车，人们求着情："让我们全家死也都死在一起！"日本人是不"懂"话的，只是赶着老人们离开他们的家乡，赶着青年快点上车。

车厢哭泣着走了，二十日半夜，我们淋着大雨到了锦州"复兴县"（这个县名字我写不上来，只是听见当地老百姓这样说着）。

当下日本人就把我们押到"满炭"的"大平矿"，编成号码（我是一三七〇号）交给了矿里的一"把头"。

"把头"发给了我们每人一双水袜子和一顶有顶灯的柳条壳帽。第二天，天还没亮"把头"就数着我们的号码叫我们下窑，窑里有汉奸和日本人拿着棍子逼人们快铲。我们是新去的，挖煤还挖不来，我们只是帮助人家铲煤。起初是先铲两铁车就行了，五天后，每天就要铲五车。同志，一车一千斤，五车就得五千斤啦。人不是铁打的，怎么能不累呢？铲不够数是不行的，不发一天七毛钱的饭钱倒不要紧，饿着肚子就是了。可是铲不够数便得罚，什么是罚？轻则铲到第二天才能上来，重呢？那就随便人家，人家爱怎么就怎么了，反正我们不是人。

你问我七毛钱够吃饱么？吃高粱米还可以吃个八分饱，吃旁的就不行了。有家眷的，敌人给发配给票，不吃店铺的饭，买生米自己煮可以便宜些，但是这七毛钱一天的"工钱"是给一家人的啦，有孩子的人家怎么能够呢？女人、孩子又没有棉衣，虽然那里不缺煤炭来烧炕，没有棉衣到底是不行的啦，同志！可是落到这样境况的人，就得挨冷挨饿地受着呀。

唉，那些有家口的人家，有时为了受饿的孩子可以向关外当地的"劳工"讨一点东西吃吃。那些"劳工"是给敌人调来做工的（关外劳工是很缺乏的），六个月一换。六个月后他们还能回去种庄稼。他们多少从家里带了些钱来，所以可以接济一下自己的同胞。可他们带的钱也不多，他们的家和他们自己也都在敌人的蹂躏之下，我们怎么能够时常向人家要东西吃呢？孩子们只有缩在炕上饿着。

当我们做了十一小时的工上来，就赶紧填肚子。在矿里只能让你带两个高粱饼下去，吃东西耽误时间是不允许的，所以一下子肚子全饿透了。我们得马上去吃那三角钱一顿的饭，吃好了就往七八十人睡的炕上（有女人的有一间小屋子）一挤，睡下了，什么也不知道了。第二天，黑暗的早晨，汽笛会来叫醒我们。

这样的饥寒交迫，叫我们怎么能不病呢？病了，是不发工钱的，是铁人也支撑不了，人只有回他的老家。死人是经常的。我在"太平矿"的二十八天里，矿上就出了好几次事情，矿里的支柱搭得非常马虎，一不留神，矿就塌了一片，工人们给煤炭埋葬了。病死的更加不幸，死四五个人是不值得矿上的人动手的，一定要等到死了二三十个人，他们才用大车拉出去。尸首出去的时候是装在薄皮棺材里的，但等第二次装死人时那些曾经装过死人的"木箱子"却又用来装新的尸体。二十八天里，据我所知，矿上就病死了五十多个人。

一个"满洲"的矿里死几十个百万"猪罗"这桩事情，在企图占有者眼里或奴役着千万中国劳动人民的日本人眼里是不算什么的；但在我们的心上却是巨大的打击。人们想：

——只有逃走！……

其实除了冒险地逃走还能有什么别的法子？不管前途怎样渺茫，先出去了再说。一回逃走七十多，不几天就走了两百多。有几个被抓回来了，路上的督察局替日本人办理这个事情。日本人把潜逃的打个半死，可是不让他死，日本人要把他留着挖煤。

可是在"满洲"我们是活不下去的，我向人们说：

"走吧，回到边区去才算是个人，在这里……唉！乡亲们……"

人们点着头，可是他们用手指指天又指指那些小屋子。他们是有家眷的，在冬天，没有棉衣的女人是会冻死饿死的。可是我们这些光棍是待不下去了。

十月初九，我值夜班，我推说到集上买点东西，矿警心里想，"离开你们家有几千里，你逃个啥，再说工人多得很，不在乎一个两个"，便放我出来了。

赶集？我赶个啥，身边也没有钱。我向人家要饭，要着饭直向西南走，我要到边区来。

好不容易，我要了点东西，绕到水边，又爬过长城，终于，我，同志呀，我回来了……

同志，你说，叫我怎样来向这个边区表达我自己的高兴？县长今天又来安慰我，叫我怎么办才好呢？我要努力工作，唔，我要向边区的每个人说：

"听听我的故事，爱我们自由的边区吧！"

（原载 1941 年 12 月 25 日《晋察冀日报》）

访问国际友人班威廉夫妇

具有丰富学识的北平燕大物理系主任，我们的国际友人班威廉氏夫妇自十二月八日以后脱险离平，备受艰险，到达平西挺进军司令部。在平西，曾帮助当地驻军训练电务人员两星期，后即由平西部队护送到北岳区。到边区后，班氏夫妇曾在一、三分区各机关学校部队参观，极受各方热烈欢迎和款待。昨日（十三日）班氏夫妇至三分区司令部，记者即于今天特地走访，遇班氏夫妇于专属。班氏夫妇正与张专员围炉畅谈。班氏对边区各种斗争情形，不断殷殷关问，并对边区人民的英勇斗争更赞叹不已，记者与班氏夫妇见面后，即开始谈话，下面即是我们谈话的记录：

记者问：先生对世界及太平洋（中国）战争有何感想，其前途如何？

班氏答：我同一切英美人一样，对全世界及太平洋反法西斯战争的前途是抱着无限的信心和乐观的，世界反法西斯阵线拥有伟大的有生力量，并深受广大人民的拥护，反法西斯战线今后将日益巩固，越战越强，其力量将更壮大，这是轴心国家所不能做到的。反法西斯国家今后将愈趋向于民主，而法西斯主义则要将全世界人民的权利加以宰杀，因此也就决定了民主国家在战争中力量的加强和最后取得胜利。举我们英国的例子来说吧，从前英国分亲德反德两派，一九三七年到一九三九年的英国动摇在这两者之间，以致吃亏不小，以后就不同了，我国政府在人民一致反对法西斯主义之下，使亲德派如美国林白之流，他们都孤立起来了，而广大民主力量亦就此增长，使政府成为人民的政府。即对印度，我国人民亦愿给以自由独立，以期增长反法西斯阵营的力量，击溃希特勒主义。在轴心国家方面则不然，德国杀害着欧洲的自由，日本想并吞中国、摧毁民主，他们的侵略行为是遭遇到全世界人民的反对，它失败是必然的，最近太平洋上的战争，虽然香港、马尼拉相继失守（该谈话还在新加坡失守前——编者），但这只是因战略及其他关系的暂时不利，但是局面是会很快转变的。世界反法西斯战将在半年、一年，最多是两年内都要胜利的。

记者问：先生对燕京大学被遭封锁，教授被扣作如何感想？

班氏答：此事言之痛心，使我不知怎么说才好。燕大被封后将有两种可能：其一是由日方接办，其二则是被日方辟为战时医院，学校的一切东西则将被日本买去。至于英美被捕教授，现在听说衣食仍由日本供给，但将来他们的待遇必更恶劣。且以他们有用之人而置其于无用之地，其精神上所受痛苦亦是不言而喻。那些因有反日嫌疑的燕大中国教职员们，他们在物质和精神上所受的则更加痛苦了。

记者问：先生由平西来此，请问沿路有何观感？望告一二。

班氏答：我因来此日子不多，对此问题亦少考虑，故除对敌后抗日根据地的建设和斗争表示钦佩赞叹以外，一时还说不出什么感想来。不过，我这里需要特别指出一点来的，即是：八路军与人民关系之密切，人民对军队之爱护真是过去未曾见过的。譬如平西××村离敌极近,一个生病的八路军就坚壁在该村康姓的家里,姓康的老百姓待他比待自己儿子还要好,日夜服侍着他,敌人来了又扶他躲避。这种情形实使人感动。再:到平西和边区后,处处蒙受各界帮助和款待,实使我们感动。

　　谈至此,时间已经不早,此间所召开之盛大欢迎会正在等待着班氏夫妇去参加,谈话至此为止。

原载 1942 年 3 月 1 日《晋察冀日报》)

"礼尚往来"

元旦。曲阳东口南。寒冷。

风在吹,尘土给天空的引力吸起,像给谁拉着的一面黄色大旗骤然从地上张起来,向东方远去,逐渐被冲淡、消灭,予为枯树枝所点绿的铅色天空以忧郁。一个踌躇在碉堡内的日军,遥望着尘土吹来的方向,在想念,他的心是冬天的天空。

——元旦,新年,元旦,嗨,要是在东京……

咦,黑点,自远而近。谁,八路?噢,是那个常来的"报告员"。

"报告员"竟到了碉堡前面,打着招呼了:

"好!太君。"

日本人正没事做,想找一个人来聊聊。

"你的进来的。"日本人表示要谈话。

"报告员"居然进来了。

于是,话匣子打开了。从新年、吃东西、穿衣,一直谈到山里的人们——八路军。

"报告员"在摸着什么。什么?

一个袋子。"报告员"竟把袋子在钢盔的面前晃着。

"什么的？"钢盔一把把袋子夺了过来。

上面是红太阳，"慰问"两个字很是耀眼地呈现在日军的面前。摇摇。哗哗地响，慰问袋做得同日本的一样。

"哈哈，你的大大的好，送给我的？"

现在，叫"报告员"怎么说呢，送给他，那没有问题。但是——那不是"报告员"送的，而是……"报告员"极力想话，想把那个意思传给他。

但是，不等"报告员"把话想好，日军已经把慰问袋拆开了。现在，一切事情都昭然了：八路军的告日本士兵书、慰问信、年片之类的宣传品日军都给拿出来，而且在仔细地读了。日军咀嚼着袋里的文字，像咀嚼着那里面的红枣、核桃一样。

糟糕，糟糕，"报告员"很心急。想要逃又不行，只得硬着头皮待着。

日本人问了："谁给的？"

"报告员"心跳着："西边的，一个穿军衣的……""报告员"手忙脚乱地指着西边山里，又指指红太阳，那意思是说一个八路军给他的，最后说："我的，没办法。"极力表示自己是被人命令着叫送来似的。说完，吐了一口长气，等待着最后的判决了。

"哈哈，"日本人却乐起来，指着山，"西边的大大的有礼貌的，好，过年的，我们的，没有。"日军告诉"报告员"，他们今年新年没有发慰问袋。

随即日军忙起来了。找这，找那，拿出一包糖和其他一些食品装在袋里。

他吩咐"报告员"："你的，把这个交给这个的，"指指军衣，"一定的，嗯！一定的！你的明白？"日军一定要叫"报告员"把袋子交给那个八路军。

"报告员"点了点头，就这样心怦怦跳着糊里糊涂地出来了。

"报告员"走了很远，日军仍在望着，像"报告员"把他的心装在袋子里带走了一样。

（原载 1942 年 3 月 5 日《晋察冀日报》）

日寇的黄色工程——造谣

　　一月二十五日，肥头笨脑的戴着近视眼镜的铃木特务机关长曾经蠕动着他具有日本人所特有的八字胡的嘴巴，向伪冀自治指导员训练班指斥着中国乡村的劣点："各乡村的组织虽然团结坚固，但是对外边缺乏联络，而且对于政府命令，往往不能彻底实行，这实在是中国自治史上的劣点。举例来说，譬如这一次大东亚战争，在各乡村的情形看来，好像漠不相关。鄙人对于中国政治，曾加以研究……现在各乡村的民众对于国事漠不关心，犹如很洁白的一张纸，染上红颜色则红，染上黄颜色则黄，无论染什么颜色，都可以的。"

（见伪河北日报）

　　哈哈，妙矣哉！这就是研究了多年中国政治的日本特务机关长和华北"新民会"最高顾问——铃木的见解和言论。假如中国人民真像他所理解的像一张白纸一样可以任人摆弄，那么铃木机关长也不必在中国辛苦了，中国早就被统治被屈服了。幸而，铃木之类的人瞎了眼，中国人民抗战五年了，今天成为太平洋上反日阵线的一个重要力量了，而且对于铃木却还得偏劳他一些时候（也许要让他埋葬在中国，为他的天皇效忠吧），真是万幸万幸。阿里阿督（谢谢）的，铃木机关长！可是，铃木机关长却不愿意多偏劳他自己，于是，在他的狗仔们面前发起牢骚来了。铃木对中国人民的抗日行为（依他说是对"大东亚战争"的"漠不关心"）加以斥骂，和对中国人民的政治要求和认识加以侮蔑，我们是不必引为惊异的，因为日本人所要求于中国人民的是像羊一样任其鞭打、剥削和杀害。我这里所要指出来的是（一）敌人在历次"治强运动"中曾经累次指斥过城市知识分子对它的淡漠，自太平洋战争以后，它的斥骂是包括着城市和乡村的全体人民了——城市和乡村都违反着它的意向。因为日本法西斯的对头越弄越多，到处都是，所以（二）根据着它一张白纸的理解，它想要把人们染上了许多年仍未染上的颜色——黄色了。

这一个染色的艰苦工程还是由铃木所一手提携着的"新民会"来担任。

铃木是很知道的，处在今天日本每况愈下的情况当中，以前"新民会"的机构是更加会不济事的。于是，在一月十五日铃木把"新民会"改组了。它为"强化宣传及政治工作力量，特将旧有之弘报室撤销，扩大建立宣传局，分一、二、三科，置重点于民间宣传工作"（见伪中华社一月十六日电）。这一个"宣传局"的设立，据说也是"为使今后打破敌性虚伪宣传，与使工作之宣传活泼化"（见伪中华社一月十七日电）。

果然，"宣传局"活泼得很，活泼到除了充分利用其报纸、杂志、电台来大声疾呼以外，还劳太阳牌的飞机的大驾，将各种小型的"宣传品"散发到民间。底下这一张"宣传品"就是经由飞机师的手从天上飞到定县的民间的：

"冀中残暴的八路军,遍地建设地雷,老百姓寸步难行,炸得人仰马翻,汽车不能通行。"看敌人的样子,似乎不是为了它自己的不利,而是在为老百姓打抱不平似的。"遍地"地雷"炸得人仰马翻,汽车不能通行",岂不糟糕?然而,我在这里要提醒提醒在日寇养畜下的坐在沙发上抽着雪茄而不去了解一些军事常识和具体情况的"新民会宣传局"的汉奸们了。在冀中,埋下爆炸物的主力都是老百姓自己,他们派人监视着那准备给日本皮靴(哦,也许日本人现在是穿胶皮草鞋)去踩的东西,有时还引诱他们进那爆炸的圈子(这就是铃木所说的人民对"国事"的"漠不关心",实际上人民对抗日战争是关心的——要炸尽侵入的敌人)。老百姓自己是绝不会去瞎闹的,而踩到的却是那些侵入中国的日本兵,假如日本兵在他的三岛上,那么,中国的地雷是不会追飞到日本去爆炸的。而且,"新民会"的"宣传家"在文字上又漏了一个洞:汽车。哈哈,可惜得很,冀中乡间的老百姓在这个年头还没有福气去坐军用汽车(汽油的缺乏只有敌寇的军用汽车才能开),坐在汽车里的不是别人,而正是侵犯着人民的土地和生命的日本人。要是冀中人民自己所埋下的地雷,能够给敌人所踩到,那不是他们的失着,而是他们的愿望。要是人民的地雷多,使得敌人不敢出门一步,那也恰正是人民的愿望。

根据"新民会"改组的目的,其目的是在"今后打破敌性虚伪宣传"。敌人的这一着棋子,咱们也是看到了。在敌人的那张"答共产党的虚伪宣传"上,它似乎很惊异地在激问着:

"……共产党和共产军所说的,'在京津地方日美英三国发生冲突,日本军的战况极不利等等'试问,他们根据些什么?"

嘿,好气直理壮的样子! 不过,倒又问铃木机关长及他的狗仔们了:你们所放的屁是根据些什么? 我们的宣传品,是不会像你们的一样,我们不掩盖事实,更无须造谣,我们也不会像你们一样愚蠢,连平津英美所残留下来的极少数武装不能抵挡日本在平津的优势兵力都不知道,我们在报上登载过十二月八日英美被日方立即解除武装的消息。这里,造谣的不是别的,而恰恰是日本人。敌人企图以它的造谣来中伤我们,但人民看事实是看得清清楚楚的,日本这个谣言国家在中国人的面前又表演了一出丑剧! 重重地打了自己一下耳光。

在这里,我们也清清楚楚地明白了:敌人所改组了的"新民会"的"强化宣传及政治工作力量",和它企图给人民渲染上黄色的工程是搞的什么把戏了。

——自从太平洋战争爆发以后,给日寇几个造谣专家所留下的唯一的"宣传及政治工作"的路将再没有旁的,而只是完完全全的欺骗造谣(当然它对这一门是最擅长,也是最后的一种技能)。这种造谣的无耻,将不仅使其国家的品格更加丧败,并说明了这个世界造谣家更走进了灭亡。

(原载 1942 年 3 月 11 日《晋察冀日报》)

两个日本兵跑了

望都城大森部队里的两个日本兵正拿着我们新年散发的宣传品喊喊喳喳商量的时候，被他们的长官看到了。数日后，这两个士兵在北关被砍了头。

血闪亮了士兵的眼，弟兄们流血的事件像一条爬虫，在大森部队里的每个士兵的心上爬着绞痛着。第二天（二月七日），两个敌军从城内跑走了，一个带着枪，一个带刀。

每天，望都的敌军二三十人到北关外各村里寻觅，向百姓询问着：

"有两个太君（日本兵在中国人面前喜欢一概尊呼自己为太君）两天的不见了，一个小枪的有，一个马刀的有，穿便衣的……"

连找了七八天都没找到。

在一天晚上，那个携带小枪的日本人却到山底村找伪村长去了。他向伪村长请求，哭、写字……叽咕了半天，写了半天，伪村长还摸不清他到底是要的什么。给他东西吃，他吃了一点又不吃了（虽然他说他饿了好几天了），用手指写着："我的小孩有，父亲母亲妻子的有，统统见不到了。"他又呜呜地哭起来了，弄得伪村长扎手扎脚，不知道怎样办好了。没法，只好劝他回去，并且告诉他"赵庄太君的住屯"。

"回去死了死了的有。"日本兵呜咽着。

伪村长还是劝他回去。现在敌人是时常以伪装来测验其统治下的村庄的。

日本兵终于气得跳起来了："好，去，死的快快的！"

伪村长伴送着这个日本兵走。但是，突然，这个日本兵像吃惊了似的，摔脱了伪村长的手，向黑的田野猛奔走了，向北去了。

第二天，从城里飞驶来一辆军用汽车，在山底村停了一天，结果是什么都没有增加地回去了。

汽车回去得很慢，不知道是为了喜欢多浪费些汽油还是为了乘车者的打不起精神来？

三月三十日

（原载 1942 年 4 月 15 日《晋察冀日报》）

春天远离了高昌镇

春天，自从三月二十三日以后，蹲在唐县城东北十里地的镇子高昌就失去了春天——敌人在那个地方修建了堡垒。

春天，大地温暖地呈献了它的绿色。高昌的树林绿了，然而高昌的土地上没有人，失去了耕种的土地也失去了绿色。

一个月零六天以前，这块土地是被人们歌唱着、耕种着的，然而，自从那个突然的日子以后，敌人给高昌带来了村西的堡垒，也给土地添上了凄凉。春天，被驱逐了。

人们到哪里去了？——给敌人强迫着拉去拆自己的砖房以建筑堡垒去了；给日本兵驮水浇他们生怕旱了的被强占的瓜田去了；给多疑而惧怕被老百姓用毒药毒死的敌军另外新挖水井去了；给怯弱的日本"武士"填平可能便于八路军接近他们的沟道或者是挖掘适合于保卫他们的"惠民沟"去了……总之老百姓（连妇女、儿童一起）整天陷入被强迫支应的旋涡。

敌人只是呼喊着"绿化"，而他们的行动却在使人民"绝产"。这就是一切日本的"理论与实践"和谎骗幕布底下的实质的具体表现和例证。

老百姓对敌人是知道得清清楚楚的，老百姓痛恨着敌人，他们给敌人以集体的反抗。只要在敌人铁蹄下，春天就不会来，比如说挖沟吧，那是无止境地挖掘自己的土地，挖了一条，另一条已经在敌人的地图上等待着了。早挖成一天，也不过是多毁自己另外一些土地。因此，他们用怠工来反抗敌人强迫的劳役，挖十天也挖不了二尺深，即使敌人因急于完工而把所有的妇女、儿童都强迫了去。监工的伪警察看见许多人在歇着，喊了：

"怎么不挖？"

"你看，土这样硬怎么挖？"

一个日军气愤地把掘头夺过来，自己挖了几下也掘不了多深，气愤地把掘头咣地摔在地上走了。他的衰败了的被堕落生活损害了的身体掘不动泥土，虽然这些土地用力挖的话是可以挖的。

"不管怎样，你们响着家具就行。"伪警察说。

于是，每天老远就听见咣咣的金属的击碰，但是人民的土地很少却被侮辱。

每天（指白天）日军们就在街上闲逛，因为无聊，打骂老百姓便是日兵在闲逛时的消遣之一。有好些老百姓已经尝到死去活来的"三审"（打耳光）的滋味了。特别是一个"老斑鸠"从黑堡调来这里的时候，黑堡老百姓是曾经以手加额地庆幸过的。受了他揍打的人，正像高昌一位也曾经被敌人用粪叉打昏过的士绅告诉我的话一样：是要跟"阎王见一次面"的。

这位士绅还很惊奇地告诉我：日本兵对于中国话里骂人的话语却是出奇地懂得多，什么都骂得出来，好像他们到中国来是专门研究中国的"骂人学"似的。这位老先生非常感慨。

我对日本兵最会骂人一事是半点也不感到惊奇的。这些被日本军阀所制造出来的兵士，其喜于和善于接近污秽乃是必然的事情。

敌人之惯于行使其污秽的行动实是最平常的事情。敌人一到高昌，就带来了一个戏班子，叫"和平剧团"，向老百姓说：

"我们来了，你看，你们就看到梆子戏了，行头漂亮得很，看戏不要钱，同乐同乐，啊哈……"

"和平剧团"演了四天戏，但是，老百姓吃不消了，光是吃饭就要去了老百姓两千元。演戏没有先要钱，但是要吃饭，饭不能说就是钱。戏班子的行头果然不坏，但戏班子的嘴巴却比他们的行头说得（不是唱得）更漂亮，老百姓好容易才盼望到"剧团"要走了。临走时"剧团"没有要戏钱，却向村里要了一百二十元伪钞的画脸钱走了。画脸钱就不是唱戏钱，老百姓依然是白看戏，这种论调也只有日本人才想得出来。

堡垒是以人民的血汗供其剥夺和挥霍而筑成的。在敌人来到高昌的第三十六天，人民的对敌"负担"每亩地已经达到三元之多了（当然，比在同时间里给敌剥夺到每亩地要出五元七角的高昌西二里的间淑是要少得多了），这就是说：这些日子里仅北高昌一村就被敌人剥削了一万五千元——其他被勒索的粮食、砖瓦和树木等还不算在内。组成高昌这个总称的五个高昌，在十天里，光是被敌人追索的抗战五年来的田赋就花了一万三千四百元，其他是可想而知的了。

堡垒的到来不仅浪费和剥夺了中国人的财力，也在毁灭和剥夺着自然的美丽。不仅高昌的绿色树林受到了灾殃，邻近村庄的也遭受到祸害。放水的浓密树林稀淡了，敌人从那里砍走的三手粗以上的树四百余棵，而不到三手粗的树木则被带走了一千多棵。

树林，像被敌人拆毁了运走的六万九千块房砖的房子一样，也是由人民的祖先或自己的血汗苦心栽植起来的。在高耸的堡垒底下，什么也不能算自己的，连人民的生命也是。

像这样野蛮的抢劫，让人民叫苦连天。人民对敌的仇恨也因之愈深。

人民对敌人最仇恨，一提起就咬牙切齿，日夜咒骂和抗拒的，要算是敌人对妇女的侮辱了。跟随敌人的足迹，高昌已有八十二个妇女被迫失去了肉体的贞洁，其中二十多个是在敌人来的第三天一日内被强奸了的。两个十四岁的孩子被糟蹋了，而一个五十岁的老太太也没有幸免。那年老的妇女是被一个特务污辱的，特务说："没米，吃糠也是好的！"

现在，敌人向五个高昌要五十六个漂亮而不是小脚的年轻妇女去"受训"。敌人要美貌年轻而又不是小脚的妇女，老百姓清楚地知道都是"受"的什么"训"。敌人是要老百姓乖乖地自己送去妇女以供他们玩弄，没有别的意思；"经验教训"太多了。

老百姓没有送去，反而把敌人指定的女儿送到山里的亲戚家了，有的女人却准备着自己最后一去，把敌人杀死，像另外一个村子曾经发生的事一样。

在这样一个被侮辱被侵害的境遇下，人民对春天和民主政府愈发向往了。我们的工作员到高昌去工作的时候，被一个从前并不进步的富农见到了。这个富农一定要他到家里去吃饺子，说："哎哟哟！你们真把我想死了！我们给鬼子逼得花了那么多钱，难道还不要我给你捏顿饺子吃？……你们要常来呀！"那个富农一定要这个工作员每隔十天去一次。那里的妇女都向妇救会要求："让我们到山里住几天吧！"

老百姓靠我们更近了，对敌人是更加仇恨了。

有些日本兵整天低着脑瓜不知在想些什么，见了老百姓老远就喊："没法子的，没法子的！"希冀着能够接近老百姓，但是老百姓却厌恶地离开他们跑了，把他们丢在寂寞里。

但是，日本人是不甘寂寞的。接近群众的"日本手段"之一，就是"治病"。

每到赶集，两三个日本兵就到集上乱撞，乱拉人要给他治病。老百姓始终不敢被治，放水有一个老百姓，为了省钱就开了洋荤，大胆地去试了一下。日本兵在他手背的疮上涂了一些叫不出名字的药。

这个第一次被治的人就遭了不幸，不治犹可，一治之下他的疮却蔓延到手腕处去了。日本兵首次做"群众工作"就遇到阻碍，害得那个老乡花费了更多的医药费，后来找一个中医看了才稍微好些。从此人民离他们更远了，而且还流传着日本药有毒的传说。

这种日本"群众工作"实质上还包含着恐惧的心理，在刚建立堡垒时，尚有五十多日军，炮和机枪各一，现在却只留下五六个日军和几个伪警察了，兵力不足的根本弱点在这里深深地啃噬着日本兵的心灵；而那些曾经在唱戏时故意露给人民看的大件（即炮和机枪）却不知轮流（敌人把一门炮或机枪轮流地在各个堡垒里陈列以掩护其武器的缺失）到哪里去了。现在，敌人只能用几杆大枪来吓唬人民，防卫高昌的堡垒及其生命。

敌人做"群众工作"其实只是由于他自己力量软弱，企图在危险到来时（受我方攻击时），让老百姓来掩护他。收买"人心"的勾当原来却是恐惧的行为。不然，贫乏的日本人何必花费钱财要给老百姓治病呢？日本人不是慈善家，更不是会做亏本生意的傻瓜。所以现在的日本兵（高昌及其他近我的据点都一样）将军装束之高阁，藏在堡垒里，平常都穿中国老百姓的衣服了。

一天，当大炮还在的时候，刮着风，满天黄沙，日本兵以为有八路来袭就惊慌地打起炮来了。但是，不巧得很，日本的虚弱使日本炮弹也虚弱起来，竟落得那么近，掉在特务们住的屋上了。特务们大叫"八路军大大的有！"，逃散了。后来日本兵来，特务们说：

"八路军大大的有！"

特务在恐慌之中。

"八路干活的没有。"日军说。他已经清楚什么事都没有了。

"炮弹落下的有！"

"风大大的吹掉的。"日军说。走了。

他竟把在恐慌中的失着归之于大风。

现在高昌的日本兵，每天太阳老高，就早早地爬进堡垒里去等待他的傍晚、黄昏和可怕的夜晚的到来了——在夜晚，经常有我们的游击队去袭击他。

高昌虚弱的日本兵，现在，也失去了春天。他们深陷在恐慌和烦恼当中。

春天，离高昌是更远了。

但不久的将来，春天的温暖和绿色是要给予世界上每一个人的。

（原载 1942 年 5 月 28 日《晋察冀日报》）

冷落了的大亚公司

那个坐落在唐县城内南横街、大门口挂着"唐县大亚公司出张所"的招牌的交易所,不是买卖着任何中国人的物品,而是经营着贩卖中国人的民族的灵魂的勾当。

大亚公司的主要营业不是掠夺中国人民的物资,不是日本组合,它是日本"宪兵队",是特务机关,是经营各种情报的组织,是敌占区伪组织和被压迫下的人民的实际统治的魔王。在唐县的占领区,这里的魔王握有着至上的威权。它的职务是:让一切无耻都从那黑大门旁边的小门(大门是不常开的)里像狗一样地爬进来,扫除着廉耻和正义,要中国人投降,做狗或奴隶。

管理这样一种职务的是:平常好向人吹嘘着曾经是当过八年日本共产党员,而实际上却是地道的久居在中国做特务工作的日本浪人后藤正雄。在他底下的是两个日本人:一个是被八路军俘虏过的高壮的庄稼汉,稻田;一个是身材和他的胆子一样小的中野。再底下,那就是中国的败类:刘达夫、耿轲等几个汉奸特务了。

大亚公司是随着唐县城的陷落而成立的,几年来,门庭冷落,小狗门也很少开关,尽是在城内跟伪县政府、警察局闹矛盾,作威作福,向人民敲诈，要花姑娘，及做一切下流的胡闹，它自己的职务是很少做成一件的，虽然那个后藤班长经常夹着空皮包到保定或石家庄向他的上级请示去。请示回来，强打精神，把汉奸们申斥一通，说："中国人不行的！"他的"工作"却依然不行——哪个有良心的中国人愿意跳进粪坑里去淹死呢？

自从去年秋季以后，敌人企图继续活动，继续给根据地以迫害，唐县是敌我斗争的一个焦点，在后藤往返过保定许多次以后，他从保定接到了这样的指示：加紧军事与特务工作，周密调查，吸取各地防共经验，利用反共无民族观念的中国人，特别是叛变抗日阵营的干部，努力开展"归顺"工作，把唐县作为实验县。

果然，在这个时候，敌人的活动极疯狂，枪杀的事日有所闻。在困难面前，一个曾经是区助理员的败类——路贵姜，投降敌人了。路贵姜成了特务以后，整天领着敌人到村里抓村干部，抓老百姓，索公粮，指点洞口和坚壁粮物的地方。新去的汉奸助长了敌人的威势。

成天，敌人在各村陈列着它的军队，召开群众大会，威迫抗日干部和军人的家属和人民，叫人去"自首"，按单索人，成串地牵向城里，牵向大亚公司，一面用"我们调查得仔仔细细的，其余的抗日干部和抗日的人，我们不抓了，让他们来自首，自首了大家就太平无事，不然，你们全村的房子和性命就……哼！"来欺骗和恫吓人民，并限定期限，叫人民自己把干部送去。黑暗把游击区混翻了过来，抗日的干部离开了家，顽固分子结合了地痞流氓又抬起了头。

敌人是知道得清清楚楚的：在华北，他们的最大的敌人是共产党；日本特务机关长是不止三番五次地告诫过他的属下了。所以在大亚公司里的演出，也是以寻求共产党为其重心的。一抓到人，不管是什么人，只要他稍为沾着或曾经沾过抗日的边的人，就认为是共产党，至于干部，那么，便认为不会不是共产党了。

除了死，不承认共产党是不被允许的，敌人有各种各样的刑罚在等候着被捉或去"自首"的人们：杠子、火棍、火练、滚水、辣椒、火炭……都摆在人的面前，等待着咬伤每个人的皮肉和蚀害人的生命。在严刑的逼迫下，××村承认了十九个共产党，其实那个村是半个也没有的。大庄子一个贫农叫王登可的——什么也不知道的庄稼人，被敌人打呆了，敌人还叫拿四百元去赎，他的老母现在发疯了，成天在村里喊："他不是呀，皇军老爷，饶饶吧！"有八个老乡是因为说不出什么组织而逼死在杠子底下，一个老头子也不能幸免。

就在类似的情况下，敌人登记了二千八百余名的"共产党员"。这许多奇异的"共产党员"，使后藤及其部属整整大忙了一两个月，最后，总算把口供、调查表、共产组织系统表等凑齐了。当伪县长王冠英接到一大册"共党自首表单"以后，叫他再加追问其正确程度的时候（敌人也知道这是不正确的），伪县长莫名其妙了，他打着东北话说："这许多人都说是共产党，叫我怎么知道谁是真的呢？我搞不了！"原封地退了回去。后藤也管不了许多，夹着空前的装满了文件的皮夹上保定请功去了，请功的结果是：由侦探班长升作队长了。

身为队长的后藤及其走狗们，在登记好"共产党"以后还忙了一些时候，忙着画地图，训练自首的人们，并从其中挑选他的特务工作人员。

那时，后藤们的确是忙的。它忙着成立六七十人的"洗红队"，成立各村的"灭共委员会",把自首的人都放回去,分配了它的特务工作。后来,又把"洗红队"拆散,组织中心乡的特务组织,直到大亚公司剩下十几个人,才又清闲了些。

现在的后藤跟以前有些不同了,清闲了些的后藤也还是以训练他的干部作为他的工作。只要一吃好饭,看看还有吃多余的残饭剩菜,便叫了起来:"来呀!"侍候着的"参谋"们就来了。后藤把脚往桌子上一放,喷着烟说:"吃!"这些参谋们便像饿猫一样贪婪地狼吞虎咽起来。当参谋们把菜碗都舔了的时候,后藤就得意地笑着问"队长的东西吃着了吧?",拖长着声音。

"吃着了。"响着嘴巴的人回答。

"吃着了——就好了,大家要努力干工作,要积极干新政府的工作,大家的好处多着咧……"

"只要少打几顿就行了。"有人嘟哝着,队长是时常采用杀鸡吓猴的办法来统治特务的,虽然打了以后又会请那人大喝大吃一顿,说"只要你改过就行"。现在,人们不由得发泄出怨言来了。队长很明白,他现在是做着教员的角色,只横了那人一眼,便往下说下去了:

"干工作嘛——过左是破坏,过右了不干也是破坏,合适就行了。"

"这可难了。"人们说。

"不难呀!你的心,我的明白,谁努力谁不努力我大大的明白。"

如此的训话,是经常进行的。

大亚公司的第二种对汉奸们的有力的经常"教育"是:搞钱。大亚公司的共同的派钱办法是:用"通匪"的名义来敲诈。在"自首运动"中每个人都发了一注大财。刘达夫发的财比后藤还多。后藤搞钱的特点是：任人下乡敲诈，回来后关起大门搜，搜到的当然是边区票，他就有话讲了："红票的，啊？不是说不许带吗？拿来，统统交出来。"人们交出来，他收进去了。晚上，他把好的坏的都点过，破了的边钞都补得好好的，叫一个心腹去换了伪币存起来，或者是在窑子里就直接地拿出了边票。中野的抓钱的特点是在出发时吞没队长给的伙食费，一下乡对特务们说："弟兄们统统的随便的干活，有事我的说话。"特务们巴不得这一着，这样，他们可以当面胡来了。中野有时还和稻田在夜间偷卖公司里的粮食，很贱的价钱便自以为交易得很适当。

赌博在大亚公司里风行着。阴历三月一日，一个来玩的石井队长也赌起来了。牌一拿到手，便"卡打呢，卡打诺"数着点子："赢了，你的金票的拿来！"

"不，你输了，"庄家说，"你是鳖十，我是地顺，你拿钱来！"

但是石井抢了钱就嘻哈地跑了。

有时偶然城里也来了《新加坡陷落》或《楚霸王》之类的电影，队长命令着都去。稻田活跃起来了，怂恿人去看，说："去看看吧，和八路军的西战团的一个样，这边的工作落后，所以，来了电影，是突击性质。"

偏偏有人问："这个比八路的怎样？"

"八路的宣传工作、政治工作、游击战是世界第一。"他沉默了一会儿，低声向人说，"就是吃的没有，子弹小小的，不行。"

稻田眼看着自己这边的一切，他常常把自己陷在沉默的苦思里，这个庄稼汉了解他们的缺点，他希望着他们自己能够胜过我们，但是结论和事实却常常与他的愿望相反。后藤却不像他，他学会了好些八路军的歌子，唱了《共产党万岁》以后，又唱《老乡们……赶快参加八路军》，唱到"齐心合力打日本"的时候，便拿着棒子哈哈地乱打起人来。当他接到村里送去的《晋察冀日报》的时候，他就喊：

"中国人心坏了的啊，报馆的心也坏了坏了的！"在那张报上有我们登载的同盟国飞机炸东京的消息。他对什么事都不去多想，虽然他经常躺在椅子上，嘶哈嘶哈地考虑着什么。中野却又是另一种样式，小职员的他老在追求着虚荣，厌恶人家叫他"小个子"，如谁有困难称呼他一声"队长！"，那么什么都好办了。在队长不在的时候，他就学着队长的腔调，叫："来呀！"他又说："怎么规矩都不懂了的呵！"来人出去喊了"报告！"又敬了礼，他还喊："跪下！"可是对方照例地要求："算了吧，中野队长！"他满足了，哈哈地："算了算了的，你的心大大的好！"

三个人虽各有其不同的性格，但却共同具有日本人的迷信：在"自首运动"以后，忽而闹起鬼来了。说这里或那里有鬼，在哭，要向他们扑，拉住他们的脚使他们走不了。他们说是冤鬼找上他们了。后藤却向人说："这个房子那里动了土，弄坏了，有鬼！"房子是好好的，旁人见不到鬼，只有他们才见鬼。

日本人对特务们的统治是极严格的，要是发现有三个人在一起谈话，就说："开什么会，要私通八路，嘿嘿？走开！"平常不给特务们枪，即使下乡到附近村庄去也不给，负责中心乡的特务工作的"指导员"也要求不到发枪，每逢下乡"讨伐"，也只按名登记发枪，没有子弹，非到紧张关头是不给子弹的。日本人对其走狗们也极端怀疑，生怕这些汉奸们一会儿会掉转自己的枪头。

升"官"发财了的刘达夫、路贵姜之流，现在是"有功"地摇摆起来了。先前，刘达夫曾被伪县政府因贪诈扣起来过。今天，刘达夫是可以一雪前仇了。

一天，伪教育科长段子恒等在茶馆里喝茶，新贵的刘达夫、路贵姜们来了。一见，就喝："段子恒，给提壶水！"故意使伪教育科长坍台。

段子恒当然不会给他的仇人倒茶提水。不睬他。刘达夫气起来，拍打着桌子："好，段子恒你小子，瞧着吧！"他回去了。

当天，大亚公司把伪组织里的人员段子恒等三十余人全扣起来，严刑拷打，把一个姓王的青年打死了几回，用火炭烧脊梁，臭气和嘶叫的声音充塞了房屋，连稻田也忍不住下泪。队长却坐在一旁冷笑，说："稻田，你心坏了的呀？"刘达夫在问着案子，结果，那十八岁的青年招出了他和伪县长等都是"共产党"了。

后藤叫来了王冠英，夹头就打："你的勾八路，乱七八糟，你的是共产党？！"又用脚踢，"破坏新政府的工作！"

直打得王冠英连声低头说："是，是，不敢，不敢！"

当天晚上，王冠英把自己姓朱的女人送到后藤那里，后藤才不追究他，但是段子恒及其女婿（姓杨，后受伤死了）等都是打得遍体鳞伤，又花了好些钱，才保全了性命，被送到望都押着。

有了这次演出以后，伪县长王冠英到保定去了，哭诉着向上级递了一张状子，控告刘达夫、路贵姜等"私通八路，假意归顺，以灭共旗号，破坏新政府工作"。

三月十七日，伪县政府把刘达夫、路贵姜等十三人扣起，并发动各村联合控告他们，贪污的卷子堆到二尺高。刘达夫等被捉到了伪县政府后，当然，凡是曾经给予别人受到过的痛楚，他们全都尝受了。伪县长咬牙切齿地向伪组织人员演说："我的仇人是大亚公司的弟兄，和大队部的特务队！"

后藤在旁边得意地冷笑着，只说："每个人给一个平头，安心地待着，慢慢地就放出来了。"他给他的在狱中的狗子们每人剪了一个平头。可是当那天刘达夫的妻子跪着去求他救命的时候，他却说："我也没有办法呀！"至今，这些汉奸还没有出来。

四月十九日夜，我军袭击唐县城。那时后藤正与稻田喝酒，一听说八路来，就仓皇奔逃到大队部去。稻田连枪都忘了拿，吓得腿都走不动，叫特务回去取枪，不住乱说："大大的厉害，你听，八路军进城啦，唱歌咧！"其实当时我们没有进城。就在这样惊慌的时候，后藤忽然大叫一声，倒了，不知哪里来的弹片陷进了他的大腿。到第二天，人们把像猪一样叫唤着的他载到保定去了。

五天以后，中野接到命令，叫他任大队部的特务队长，即时准备出发去边区"扫荡"。他急愁得很，不愿参加"讨伐"，向人们说："我的外边的溜达溜达，谁也不许胡说八道，说不知道，明白？"他去躲起了，但是终究没有躲好，被人找到了。他气嘟嘟地回来，把剩下的二十元边钞你一百他五角地分给人，把自己的相片送给人，说："你的想我！"

"谁想你？你死了也活该！"人嘟哝着。

"什么意思？"他没听清楚。

"他说大大的想你。"有个人给解释了，他才点点头：

"好的，你的好！"

他把子弹抛得远远的，只带二十粒，说："小小的带着，行了！"

他又流着泪给家里、给朋友、给后藤写信，向他们告别。

临行时，他支开腿和臂，挺起大拇指向大家说："我的回不了的，我的三分区的司令员！哈哈——"他大笑着走了。

过了一些日子，他居然又随着军队回来了。人问他："回来了？"

"嗯！"没有表示一点高兴。

"八路军有？"

"大大的有。"

"你可以休息休息的了。"

"休息？放屁！我还要到东边南边溜达溜达的，没办法呀！唉，没办法！"

果然，不久，他又"讨伐"冀中去了。

现在，留在大亚公司的只有一个稻田了。他是什么事都不管的，整天地睡觉，沉默着。偶然有人问他干了些什么事，他回答得很简单，只有一个字："玩（儿）——"尾音是长长的，他拖着皮鞋回到房里去了。

没人管了的特务（只留下几个人了）也整天不在家，在外胡搞着。中心乡的"指导员"听说队长伤了，连城门也不进了。

大亚公司经过一度热闹，今天是又冷落了，小门也不见开，整天闭着，比先前更加阴森更加凄凉了。

乌鸦，成天停在大门里的门楼的顶上，用嘶哑的声音，在号叫着。

（原载 1942 年 6 月 7 日《晋察冀日报》）

四次赵户战斗

今天，冀中的游击战争已经呈现极复杂的犬牙交错的形态，封锁沟、线与敌据点星罗棋布，敌我的争夺已不是某个片区的斗争，而是每一村落的夺取了。此次冀中反"扫荡"战，我军在赵户坚持了二十五天的村落战斗，便是这一复杂斗争的例证。

在敌人不断地残酷"扫荡"晋深极地区的状况下，坚守赵户是与坚守×分区南部及西部的斗争有极大关联的。赵户守住了，那么，就可以保证晋深极地区东西两部之联系，最重要的是可以彻底粉碎敌人急欲打通无定（无极至定县）汽路的阴谋。保证其他部队活动有所依托，坚守赵户是有相当大的意义的。因此，我们坚守在许多据点包围中的赵户的两个连和地方武装便有击退敌四次进攻的辉煌战绩。

敌人对赵户是异常重视的，所以在反"扫荡"开始那天，五月一日，就来进击赵户，结果敌人遗留下八匹马，还用大车载回四十多个尸首。进攻的加道大队长生气了，说："明天的呀，调飞机，调坦克，调大炮！"

"干什么？"人问他。

"打赵户。"他说。

果然，第二天，赵户又展开了战斗。只是没有像加道所说的飞机、坦克。加道带来的仍然是大车,大车的用处不是载回胜利品,而是战败品——二十多个伤兵和尸体。

第三次,五月八日的赵户战斗使敌人的伤亡更大——八十多人。敌人气极了,跳着脚。但是,敌人是不会忘记赵户的,遂有二十三日以一千左右的兵力对赵户的第四次进攻。五月二十三日晨七时二十分,小陈敌二百五十余人假说到赵户附近的大陈营去开会,实际上都是等待着各路敌人的配合。

赵户像其他的日子一样,在警戒着,准备着紧张时刻的到来。九点半,东侯骑兵到赵户西南。十点,无极的汽车到达小陈,七级与初村的骑兵经大汉营也直驱而来了。

十一点半,敌开始在赵户西北面的土堆上用火力侦察,前三次的经验已经使敌人不敢贸然前进了。

民兵已经把各处的地雷、爆炸群安好,老乡进入地道,游击小组在各个口子上管理着炸弹,战士们在村外第一道防线上安静地等着,眼望着前方。

大陈营的敌人首先与我军扼守南边的部队接火。东南与西南面的敌人也包围过来,二十分钟后,敌人将三面都包围了。

战斗进行着,在散兵壕里的战士们用子弹和手榴弹来杀伤敌人。敌人呀呀地叫喊,机枪一打,留下几个尸体又退下去了……

到下午一时,敌人在各个村口留下许多尸体和枪支,进退两难,他们恼火了,决定拼死攻击,战斗紧张起来了。

炮火摧毁着前沿阵地,平射炮攻打着围墙。

在猛烈的炮火下,我们坚持着,机枪射手边成杰给炮火掀起来的土埋了五次，却依然擦净他的机枪向敌人射击。七班张连魁和张文克趴在一起，炮弹把张文克炸飞了，张连魁动都不动地注视着敌人和他的班。虽然他还只是一个十九岁的青年，但已经是一个老战士了。他关照新战士说："打枪要沉着！"在这里，他表现了他自己就是这样沉着的模范。

伪军被逼着冲锋，老远就退回去了，向日本人赌气说："拉你们的尸首，要你老子去送死？不去！"他们怎么也不去了，躺在地下不动。敌人叫骂着，咬紧牙集合起队伍向我们冲来。我们等他们接近，一顿手榴弹又把敌人打了回去。战士们说："你们来吧！再有多少人也打不进来。"

敌人不断冲锋，东边冲了四次，南边十多次。冲锋的次数恰和留下的尸体数成正比，东面三十多，南边留下的尸体依战士们说："数也数不过来，总有八九十吧？"

战斗在火热的阳光下激烈地进行着。敌人留下的机枪只有八米远，在工事里的战士却不能去取。机枪打得太猛了。战士们用杆子去钩也钩不过来，只好叹息着，仅把四支步枪弄了过来。

炮弹像雨，逐渐把前沿阵地摧毁了。敌人打了四百八十多炮。

下午三点，我们部分退守村边房屋。

五时，我们扼守南口，那里，敌人的尸体最多。敌人急了，无耻地放了毒气弹，战士们气得骂起来了："你放毒怎么着？要么你过来！"枪射向敌人。

我们是知道敌人的阿Q精神的，知道加道大队长的脾气。他爱惜尸体甚于活人，他宁可丢掉五个活人的生命也要把一个尸体拖回去。

我们下令大部兵力退到地道里去，小部兵力扼守要口，让敌人把他们的臭尸体捡回去。在各处，敌人捡到了一百八十多个死人和接近死亡的重伤兵。

敌人看见自己死伤太多了，想最后捞点本，他们不甘心地仍要攻击街口，致使我们李三子同志在这里创造了他的奇迹。他在南口的房角上，用他五六年来掷手榴弹的经验掷了一百八十多颗手榴弹，打死了八十多个敌人，使敌人一直到最后也没有进街口。在另一个地方，一班副班长徐四也同样勇敢，不过他只打了四十多颗手榴弹。

经验告诉敌人，赵户的街道是不能够轻易进的，在那里有许多个连发地雷和爆炸群在等待着他们。加道大队长自己是知道这个味道的，在西侯他曾经给炸去一只耳朵的经历，将永远记在他的心上。

这时，×村的十二个游击小组自发地由一个侦察员带领到赵户西南敌人拴马的地方，把马桩子打掉，让马跑了。消息传到敌人的耳朵里，他们以为是那里的增兵，很快地就撤了。而我们的机关枪，却又从地道里出来，向敌人追击去了。

东侯的敌人喊着"大大不够本的呀！"就逃回去了。

在这一次战斗以后，无极城里加道大队的八个士兵被恐惧啮噬了心，一齐服毒，死了五个，南蒙的小队长再也不受加道的调遣到赵户去了，他说："别的还好，就怕那轰！"赵户的手榴弹使他吓破了胆，这次，加道没有请他喝酒，也没有笑，就把他杀了。

一九四二年七月

（原载 1942 年 8 月 4 日《晋察冀日报》）

"鼠窜子"①们的"功绩"

八月二十四日上午,有一面旗子在细雨中从唐县飘摇出来,那方形旗的边上装饰着"保定道完唐望三县联合讨伐大队"的字眼。旗后边,有完唐望三县的伪县知事骑在马上,在指挥着这支"大队",来讨伐这三角地带的八路军。

这个大队,你不用笑,是用一百〇四个警卫混合组成的——唐县的三十人,完县三十三人,望都那个鸦片烟熏弱了身子的张祖政带得最多——四十一人。

在不久以前,唐县伪知事王冠英曾经用他的东北官话向刚被炮楼压坏了身子的高昌老百姓说:本县知事来你们这里,是个笑话。怎么是个笑话呢?本县知事来唐县好几年了,可是没有看见过你们老百姓,你说笑话不笑话呢?也许因为他想消除笑话,就敦请了其他两个县的警备队来看看他的"老百姓",来进行讨伐,而讨伐的第一个目标也就是高昌。

这支"大队"虽然是用纯粹的"鼠窜子"组成的,却采用着他们祖

---

①"鼠串子":杂种的意思,老百姓常用来代称伪军,以诅咒伪军。

宗日本鬼子的老战法,分进合击——分两路,一路由张逆祖政率领经由常早、马辛庄,一路经寿里、庄头,合击已经建立起碉堡的高昌。

"大队"是小心翼翼的,一出城就搜索前进,两面的哨兵放得远远的。"鼠窜子"不习惯这种战法,骂了:"妈的,这里还有什么八路军?!"一个向导被弄得糊涂了,谁都在指挥他,他就问:"你们带头的是哪一位?"伪军说:"什么带头不带头。尽是乱七八糟!"

好不容易,这支"大队"于下午四时才到达高昌!村里早就知道他们要来,给预备了房子,把他们都安排在一起。

好不容易,这些来"讨伐"的人们,进村了。一进村,也不按腾出的房子住,就喊:"老乡,我们是八路军,住你们房子,快出来。"也不管是谁家、有没有娘儿们在里边就一拥而入,老百姓给轰出来,屋子被占了。

老百姓什么东西也没来得及拿就给赶到街上来了,呆了:"这是八路军?!"

终于混乱平定了:完县的侯逆世杰住东高昌村东头,王逆冠英住村西头,张逆祖政住到北高政去。

"乱"是定了,"忙"却来了。"鼠窜子"们忙于要白面、要鸡、要肉、要烟卷、要瓜、要……伪组织就忙于支应他们索取的一切。伪村公所的门前是人来人往,喧闹不止。老百姓们忙于出钱、出东西、出劳役,一个不对劲,还要支付若干耳光。每个伪军都出动,每个伪组织人员都奔忙着。

伪县知事们终于坐定了,吃了西瓜,吃了七八只鸡,满嘴油腻,抽着香烟,腿跷得高高的,满足地眯笑着。什么都很好,于是,想做点什么了，虽然冒雨行军是不舒服的事，但现在是吃得饱饱的了，终究冒出做些什么事才好的念头。做什么好呢？讨伐，讨伐谁？这点子武装，保护自己逃命都不够，讨伐是见了鬼的事！于是，召集了一个大乡的伪干部会。在这个会上王冠英吹了一通什么"八路军不行了，今后建立了大乡，老百姓的痛苦可以减少了；今后还要不断地讨伐，这次请两位县知事下来共同讨伐是如何的光荣，你们要好好招待"等鬼话。最后他请侯世杰讲话。侯世杰讲了：

"王县知事要兄弟们到贵县，有许多地方要麻烦你们了，兄弟们要什么，都不要给他们，但是小小不言的给他们一点也可以。"

开了会，大家围拢着乱谈，县老爷们就表示了他们如何关怀民众。王冠英高声叹气说："唉，现在啦，老百姓可困难了啊！"

"困难了——"侯世杰回答着，"老百姓是困难了啊！"不住地点头叹气，一面却不住地用油饼喂着带来的狗。

有人侧过身子背着说："光说老百姓困难，他可把白面饼喂狗，待狗比待老百姓都强，哼！""他们啊，尽是糟蹋咱们来着。"老百姓的眼睛不是看他们的嘴巴，而是看着他们的手指的。晚上，他们才拖着脚步回去。他们是紧挨着住在一所大院子里的。村里给他们在隔壁又找了一些房子，怕他们站不开。但他们不要，也不分等级地都非要挤在一起不可。

大门紧紧地闭上了，街上和门口没有岗哨，谁也不愿在黑夜里独留在这可怕的外边。他们的门岗在房上。

有的伪军晚上是得值夜的，但是，这是如何漫长的黑夜呀。不管夜是如何长而黑，他们不能不熬过去。伪军们推起牌九来了，也许是为了壮胆吧。推牌九却是那么大声壮气的，闹得房东都睡不着。县长就在对过东房里住着，他很愿意听这终夜守卫的"弟兄"的喧嚷。

侯世杰的"弟兄"们不耐烦了，不知怎的有人想起烧房东新摘下的玉茭子来吃了。柴架起来，又煮又烤。侯"知事"在屋里也许听到"弟兄"们吃得香，喊起来了："喂喂！给我也烧上一个吧。"他也吃了他的宵夜。他是冒着这样的辛险来"讨伐"，难道吃老百姓一个玉茭子也不行吗？至于他的弟兄们吃了房东一斗多新玉茭子和烧了一百多斤柴，那实在是"小小不言"的事了。

伪"知事"们是"辛劳"的！不错，特别应该说：在晚上他们才真正劳苦呢。晚上，他们是清醒的，一听到有什么动静，就都嚷起来了："人呀，去看看，房上有什么？""人"去看了一看，啥也没有。

一次，猫突然叫起来。伪"知事"又叫了："快快！去看看有什么！"猫把人都哄上了房。快黎明的时候，有几个背粮的从街上走来。房上的哨叫起来了："谁？"几个人把粮食扔下吓跑了，而房里的，连县长在一起，都全副武装地上房去了。真是担心一夜，漫长的夜！

第二天早晨本来是决定七时吃好饭出发的，好及早离开这个村子——离八路军只有十几里的村子，却不能不挨到十点才走成，因为民夫给打怕了，谁也不肯去，后来才找到人去侍候这班"大老爷"们"开路"。老百姓是像赶晦气一样地巴望他们离开的。

晦气，一点也不错。因为这一天的"讨伐"，他们就向东高昌的老百姓讨去一百九十斤白面，五斗马料，十五只鸡，一百匣烟……合钱一千一百多元。北高昌所花费的和他们随便吃的带走的还不算在内（如侯世杰住的那家的门帘和一双女人袜子被随手拿走即是一例）。

不说旁的，两个高昌，因为他们的"讨伐"，给"伐"了四只猪去。假如问这个"大队"到高昌来所"讨"所"伐"的是什么的话，在老百姓看来，那就如同我上面所说的了。老百姓间或也有不明白的，向一个伪军问了：

"你们来——是干什么的？"

"讨伐呀！"

"就这点人？"

"嘻嘻，你这个人——好回去报告报告工作呀！"这个伪军索性说穿了。

好的。这些"官"爷们就是在这样的欺骗和对老百姓的剥夺中养得高而且胖起来的。

也许不久我可以看到伪报上宣传这支大队的丰功伟绩，但在这里，让我先向大家说明，这些"鼠窜子"们的"功绩"是这样的！

九月十二日

（原载 1942 年 9 月 29 日《晋察冀日报》）

在战斗里度过灾荒

——完县×村纺织贸易工作的报告

完县×村——一个仅有八十三户和三百九十口人的小小村庄，这里的农民去年曾遭过灾荒的狙击，使他们的生活有过一时的黯淡。而今天他们却以坚忍的辛劳，无比的信心和毅力，用纺织与贸易冲破了他们的黑暗。九十五架纺车，十四架织布机在夜晚一齐转动起来，村庄简直变成一窝喧嚷的"蜂房"了。

白天，合作社的门口，拥挤着一面交布一面领线的妇女群——有偏着腰扭着铁钉一样的小脚的老婆婆，有焕发着新鲜活力的年轻女郎，还有蹦着跳着挤进来的小姑娘。村妇救会主任刘凤楼也常在这里出现，她不仅是她们公认的劳动英雄，也是她们的推动者、组织者。是她，把妇女们分成小组，用集体精神鼓励着妇女，替她们解决困难，帮助她们提高成品的质量，教育她们怎样来度过灾荒，把十三组妇女团结得像一个人一样。现在她们就像一支身经百战的军队。

然而，这支军队是在艰苦奋斗中成长起来的。

前年，敌人的"扫荡"像扫帚一样，把他们的粮食牲口抢走了，把人也劫去了，甚至一块破布也要夺走；而去年的旱灾又使这村有一百〇八亩半的地里没有收到什么粮食。这一带的灾荒是普遍严重的。政府叫喊着，从别的地方运来粮食，想着办法来救济，但开始仍有部分的妇女孩子出去讨食，有的老乡提出"谁给我们的灾荒，我们就向谁去讨索我们的饭来！"的口号。但是，要向敌人去讨取饭来那是梦想。他们碰了壁，敌人到处驱赶着灾民，要维持"秩序"。出去的人中有五个女的两个男的已永远不会再回到他们的乡土了。他们有的给敌人打死，有的因为敌人不准给吃的饿死或吊死了。政府焦急着，贷款给灾民，教他们跟敌人展开经济斗争，灾民才陆续回来。到去年十一月，政府会同合作社开始发下棉花，把生产贸易和人民生活、对敌斗争密切联系起来。这样才开始解决灾荒问题。这个村庄的人也大都回来了，吃着秋收的粮食，但仍怀疑着。当灾民们拿到贷款时，就想着："行吗？不会给敌人抢去，不会亏本吗？"有的把钱仍归还给公家，有的拿着钱去试办试办看了。终于斗争和实际经验教育了他们，贸易归来而获得大利的时候，人们活跃起来了。在妇女这方面也是一样，妇救会开始在冬学里动员大家的时候，妇女们唠叨着："靠这行吗？不济事啊。合作社准给钱吗？不给怎办？"干部们用了很大气力，开始只留下二十六个名字，而且大多是老婆子，年轻的说："这只能是老婆子们干的事。"棉花从合作社领来，等纺完，合作社不论好坏地都发下八元工资的时候，妇女们都跳起来了："我要！""我也要！"第二次领棉花的人就增加了一倍。到现在怎样了呢？那个独眼的老太太来找我们了："我们一家子全靠着纺线过日子，同志，你来干什么呢？你们是不叫我们纺了吗？你们要夺了我的命呀，同志！离开合作社我老婆子靠什么呢？"不知她是哪里听来的风声，说合作社不叫纺了，而我们是合作社的上级，今天就是来办这个事情的。她的无来由的误会把我们逗笑了。等我们说清这回事后，她才放下扪住她的独眼的手，安下心也笑起来。

到现在，这个村庄在贸易上得到七千七百六十元，像杨鸿勋、王志芳他们已经净赚了千元上下的利钱了。但这村在贸易上还没有做得顶好，没有组织性，以致损失了两千多元。

损失？是的，那是整个战斗里的个别牺牲。但王尚忠是得了补偿的例外。他的货物被敌人追丢了，他气极了，当天没有回来，是第二天回来的。他是带着那晚割下的敌人的二十一斤电线回来的。他是用另一种斗争赚了钱的。

到现在，九十五人组成的十三个纺织组，从去年十一月到现在，共纺织了一二七匹布和六三六点五斤线，这就是说她们共得了六二六四点五元的工资。但这里没有把给私人纺织的十三人的工资和八个儿童纺了三二斤线的工资算进去。因为前者的准确价钱数不好算，后者被认为是娃娃们，算不算都可以的。总之，这村的妇女全体都卷进了纺织的热潮。除了两个人是例外，没有一个不热衷于纺织的。这例外的两个人，是刘金和杜花月。刘金是一个人管五个孩子，实在纺不了。杜花月是从去年秋天就躺在床上不能动的病人了。

由于纺织和贸易的开展，这村增加了一万多元的财富。虽然这个村庄依然有五十八个人不得不依靠政府所救济的九百多斤食品度日，但逃荒和饿肚的人是没有了。而地价却由去年每亩值五十元左右增长到四百元的高度。土地在这里是被人们所珍惜着，留恋着。

　　艰苦吗？是的，这非有极度的坚忍不可。黑暗还在面前，人们只能倔强地喝着粥度过他们的夜晚。但是他们仍旧团结在抗日的政府下面。我们的女房东就曾经捶着她的织机向我们说过："我抗这个日是非抗到底不可了，我们受苦受难的，是为着什么呢？是为的把鬼子打出去呀！"人民在斗争和希望里锻炼得像军队一样坚强了！

　　我还要说一个群众的英雄王老魁。王老魁当干部有五年多了，当过村主任，也当过自卫队的中队长，去年才被选为合作社的主席。他是贫农，从去年秋天一直病到今年，身体衰弱得不行，但对他顶要紧的是工作，他用生命热爱着自己的抗日工作，五年来一贯这样拼命地为着人民和自己的革命事业而努力着，因而也深得大众的爱护。他到合作社总是早早地就去了，生怕有人等着买东西。他经常用大声和欢笑来说话，在发棉花时常说笑着："我到合作社来合计着不跟你们这把子妇女打交道了，你看，现在又要碰到你们，干工作要不碰到你们妇女真难啊！"妇女全乐了，叫着："大叔，别费舌头了，给我棉花吧。"他一面给着棉花一面还洪亮地说："你们啊，比咱还强，坐在家里就十块八块地往里拿，真好哇，我也要学习纺织了。"他一直在鼓动和说服人们来生产，合作社是他一手扶持和振作起来的。今年这村纺织业的开展，是离不开他的努力和筹划的。他又是村抗联会的主任。他关心着群众的点滴利益。只要对群众有利，没有不拼命干的。老百姓尊重地称他作"头子"，都跟着他走。十二日，他组织了三十多人的一个贸易小队，这是第一次这样多的人有组织地去运输，他老说着："没有组织是不行的！"虽然他的身体还弱，没有去过沟外，但为大家的利益，他毕竟还是去了。本来，他们前方的已经安全过去了，但一到他经过,突然碰到了敌人。他没有离开他的同乡,终于被一个见过他的特务认出他是当过村主任的,就这样,他破口大骂地死在敌人的刀下了。当死讯传到时,合作社正在发棉花,大家同声大哭起来了。他的媳妇发疯似的喊着:"报仇,报仇!告诉我,怎样才能替他报仇呀?!"

报仇,是的。人们都要为这优秀的领导者和布尔什维克报仇!这个村庄一听到他媳妇的哭声,就格外地悲痛和仇恨起来,有不少的老婆子向我说:"让我们受苦受难的还不算,鬼子还把他这样的好人弄死!这个冤你说怎么算?!什么时候才能把这些鬼们拿下,剥他们的皮呀!"人们一见到他的孩子拿着钱到合作社来,就低下了头,声息全无了。干部们懒散了一两天,工作也提不起劲儿来。但是,两天后他们就格外振作了,合作社已经推出他们新的"王"来,妇女们红起了眼,把头埋在纺车和织机上。他们发愤地辛劳着,他们知道:生产度荒,开展对敌斗争,就是替王志魁报仇和渡过黑暗的海洋的办法。只有坚持团结,战斗到最后,才能把鬼子打出去,才能实现王志魁生前告诉他们的幸福黎明的到来。人们更加发愤了,生产的数字就是这支队伍光辉的战绩。

(原载 1943 年 4 月 22 日《晋察冀日报》)

野场惨案

五月七日,对完唐一带"清剿""扫荡"的敌寇,在我军民不断给予严重打击被迫窜退之际,在完县野场村东北石沟地方造成了空前酷毒的惨案。野场、龙王水、王家庄、解放等村被圈的二百人,除十余人幸得逃生外,有一百一十八个同胞当场遇害,五十四个现尚在重伤呻吟中,其中妇孺占死伤人数四分之三以上。

当天早晨,敌人控制了石狭岭一带的制高点,到处搜山。每个山头和沟道都布满了敌人。敌人用刺刀驱逐着搜出来的人群,把人们集中到石沟的一小块埠埝(niàn)里去。人们以仇恨的眼神望着站在山坡上嬉笑着的敌人。男子们沉默着,但妇女孩子们见了鬼子架在山坡上的两架机枪和把守在各山头上的敌人,就胆怯了,叫着自己的亲人们,向他们靠拢去。上午九时,看着从各处搜来的一伙伙的人都到齐了,一个拿着八卦旗站在重机枪旁边的翻译官开口了:"喂喂,别嚷!"然而娘儿们却不听他的,仍在叫唤着亲人,一面嘟囔着:"得了,这回准死了。"声音仍乱哄哄的。从山坡上气呼呼地冲下两个鬼子,拿着枪把向人群里乱打,不许人叫唤,但娘儿们却仍喊着。有个男人说:"嚷什么?反正还不是一个样!"人们都静下来了。

"叫你们来，没别的。"翻译官摇着旗杆子，"你们知道八路的枪支、子弹、鞋袜、衣服都藏在哪里？"

"说呀！说呀！"

然而，人们像石沟的崖石一样沉默着。

"说！你们都没有嘴吗？"翻译官用杆子敲着地嚷着，"谁知道，谁就领着去。大家好活命。"

"说了就放大家走了，谁领着找去？"

问了好几次，都没人理睬。谁都知道，在敌人面前反正都是个死。即使像王家庄的王俊那样不要脸地领着敌人去找过洞，结果仍被敌人刺死了。

"不说？我们就开枪了。"翻译官急了，看了看坐在重机枪尾座上的敌人。鬼子压上了子弹。

人们气极了。一个妇人骂着："咱们什么都有，就是给你们贼强盗们抢光了。"鬼子上去就把她刺倒了。

王阳明，是七十多岁的老头了，吹着胡子说："没有，就是没有！"他十五岁的侄子生儿，不愿他在敌人的面前说话，叫着："大爹，来吧，咱们不知道，打死就打死吧！"

翻译官又嚷着："知道不？不说就开枪了。"

而人群回答："不知道！"

"打吧，反正是死。"

翻译官流着汗，太阳照在头顶，他向鬼子作了一个鬼脸。鬼子哗地开起枪来，人们乱嚷着，都倒了。然而枪是向上打的，这是威胁，没有伤人。

敌人又用枪柄子叫人们站起来，排好。

"怎么样？不说可真的要扫射了。"翻译官说。

没有回答。

"不要你们说多，只要你们说出一双袜子一只鞋就行了，就饶了你们——怎么样呀？"翻译官换了口吻，声音又软了些。

一个老婆子吓得声音发软了："你们知道吧？"向一个青年说，"说了也许好救大家的命。"但青年的回答是："放屁，你别做梦！"

村长的儿子王兰柱，这个十五岁的孩子，牢牢记住他曾经宣誓过的军民誓约："谁也不许说，死了好啦，知道也不说！"村长的媳妇在妇女中鼓动着："咱们妇女可谁也不能说，反正是死，不受敌人的欺骗。"青年们互相鼓励着："谁要说，是孬种！"

神圣的军民誓约在村民间暗暗地流传着，"反正是死，死也不当汉奸"！

龙王水一对二十几岁的青年夫妇相互看了一眼，拉着手往边上躲闪，阴沉地说："死，死也死在一起！"他们靠得更紧些。

上边翻译官还在问着："没有一个人吗？"他摇了摇头，勉强地打着哈哈，"哈哈，你们边区的老百姓倒真坚决啊！"他向鬼子摆了摆手。

鬼子狠狠地说："杀不完老百姓，就杀不完八路的，统统地是八路！"

重机枪响起来，人群乱了。尘土扬起，喊声一片，血肉和脑浆……而坐在机枪尾座上与站在山坡上的敌人却哈哈地笑着。

一个负伤的妇女，郝称意，乘敌人换子弹的短促时间，抱着一个打得只剩半截的孩子，跳起来指着敌人骂着："王八羔子们，我们死吧，我们的孩子是会报仇的！"但当她看到自己的半截孩子，她哭倒了。

敌人紧接着又用机枪扫射了两次。最后，还下去了几个鬼子，见有动着的都用刺刀挑死。一个婴孩还趴在死去的娘身上吃奶，也被敌人用刺刀削断了两只脚掌。

中午的太阳还在明亮地照着，而石沟却吹起血味的腥风，地埝上遍布着血肉脑浆和发片。四月四（即阳历五月七日），人们将永远拿眼泪和仇恨来纪念这个日子……

事后的第二天，专区党政军民各界即组织了工作队到野场一带进行善后救济慰问及医疗工作。妇女们看到我们来，都像见了亲人一样啼哭。每个妇女、孩子都和着泪向我们倾吐了无限的辛酸和对敌人的仇恨。他们说："四月四，是我们的生日，也是我们的忌日，死也忘不掉啦！"王阳明疯了似的成天喊着他已死的弟侄——黑牛和生儿的名字，白天黑夜地嚷着报仇。他的另一个弟弟王登科向我说："那会儿叫我去跟鬼子拼，我就去。"这里的男子依然像石沟的大石一样保持着他们的倔强，除了想法报仇，他们没有啼哭，而十三岁的王骡子是啼哭过了的，他的家人遇害了，但当人们说起"你啼哭有什么用"时，他擦了擦眼泪，想了一想，说："我不哭了，大了报仇！"八岁的王路喜手臂被打伤了，他痛得难受时只是叫他娘吐水在伤处，并向他娘说："娘，娘，我一只手也要打日本呀！"娘噙着泪允许了，但这个孩子伤太重，没有保住这年轻有用的生命，在次日死了。王庆升抱着他的乳儿，用烟袋嘴骗着他的孩子去吮吸，孩子的娘被害了，没有奶吃。他向我说："只留下这么一个孩子，孩子大了反正不叫他当庄稼主了，跟鬼子拼了算了。"生与死，在这里，人们懂得它们更深的意义。当我走到受难处附近，炮还在南边响着，突然，我呆了，由于战争未定时的仓促和疏忽，一个死尸的手尚伸在掩盖的土的外边，手像要索取一笔未还的债务似的张着。我懂得他的意思了——血债是应该索还的。是的，应该索还，而索还的日子不远了。野场及全中国人民是深深地了解这一点的。我上去把那只手掩埋了。

（原载 1943 年 5 月 27 日《晋察冀日报》）

钢铁的人们

　　五月初旬，敌对完唐地区疯狂"扫荡"，被害死亡民众达七百人以上，其残酷无耻为世所罕见。敌人在贾西庄用刺刀挑死妇孺五十余人，在凶杀时说："哼，你们搞纺织建设，现在把你们杀了，看你们怎么建设？！"又说，"你们年纪大的是八路的爹，娘儿们是女八路，小孩是小八路，八路的儿子——全是八路！"由此可见敌人在我民众英勇斗争前的战栗和无赖，而妄想以屠杀来使边区人民向之屈服。但边区人民是不会屈服的，在反"扫荡"过程中一面积极与军队在一起开展游击战和地雷战打击敌人，一面表现了中国人高昂的英雄气概，这种民族气节的高昂是远超过历年所见的。记者在这里所记下的仅是我所得材料的一部分，是完唐人民不怕牺牲、壮勇斗争的浪潮的点滴，然仅就这一点滴，也可窥见人民英雄气概的一斑。

一、村长李景堂

　　五月一日，敌人进袭完县，已快到清醒了。北清醒村长李景堂为掩护群众转移，督促大家先走，自己留在后边。这个为全村所爱戴的村长就是在最危急的时候，也和平时一样深深记住在民选时村民所寄予的重托，利用每一分每一秒坚持工作，但不幸他被敌人捉住了。

敌人像缚虎一样地紧紧绑住了他，拷打着问他："谁是你们的县长？"

他说："我就是县长。"

"那这区的区长是谁？"

他回答："我就当过区长。"

敌人气了，毒打他，又问："这村的村长是谁？"

"那我就说不清了。"

敌人发怒了，用凉水来灌他。李景堂明白，在敌人的法庭上，一个中国的村长应该怎样对付敌人。他对着水桶冷笑了："我一天不喝水了，小子们来孝顺孝顺我吧！"敌人用水把他灌死，又弄他活转，要他招出谁是村长来。他忍受着刑罚的痛苦，不招一个字。

"那你说出你村坚壁的东西放在什么地方，说了就饶了你。"敌人说。

没有一个字从李景堂的嘴里说出。这个一贯对工作及人民负责的村长，在他临难之际也始终保持着他崇高的品格。

敌人弄来生米，向他的嘴里鼻里灌去。死，又活过来，他咳呛着，但在敌人面前他表现了经过六年对敌斗争的顽强，他说："怕我饿坏吗？你们再喂饱我好了。这是我们边区的小米，吃了是应该的。"敌人气极了，拿鞭子在他身上抽打。

一个汉奸认识他，向敌人说："这就是这村的村长。"

一切都明白了，他跳起来指着汉奸大骂道："村长，我就是村长，死也是抗日的村长！谁能像你们出卖祖国、给鬼子当走狗的汉奸那样不要脸！"

敌人把这个从民主建设里成长起来的村长活埋了。

人们听说他的死，都哭了。第二天，人们在清醒村边埋了三个地雷，炸死敌人两个，炸伤了三个。

二、工会主任张金山

五月四日，敌人包围完县团结村，把工会主任张金山抓住了。敌人把他带到新建村。因有坏人向敌告密，说他是村干部。敌人问他："八路军的东西藏在哪里？"他回答得很简单："不知道。"敌人把他打得死去活来，又用凉水灌晕他三次，他一夜未醒。第二天早晨，敌人为了利用他，拖着他走回村去。他躺在地上坚决不走了，说："你枪杀、刀砍任便，要我走是万万不行的了。"敌人的刺刀举起，他大叫了一下，被挑死了。

这个矮黑的正当壮年的工会主任在村里享有极高的威信，全村的人都团结在他的周围，他以最亲热的爱去对待村民，关心和帮助他们。但今后这个村庄将失去一个好的领导者，而在人们的心底他将永远地活着。

三、工人左新力

左新力，专区制造厂的工人，二十几岁的青年。他从抗战开始就参加了工作，当过两个专员的特务员，学习很努力。我们很早就认识了，他碰到我时，总是拿着小本子问我生字。前年他到制造厂当工人，我还见过他一次，他喜爱用槌子就像他喜爱用铅笔一样，当时火光融融，我曾默祝这个健壮青年在抗战中锻炼得像钢一样坚强。在此次反"扫荡"中，他创造了他的奇迹。

五月二日，他带着十三个伙伴打游击到野里村附近山上的洞里躲着。这个工人，仅带着亲手制造的两个手榴弹保卫他自己。他是有准备的，一个给敌人，另一个给自己或和敌人一起。

躲的洞被敌人搜到了，敌人在洞外呜噜呜噜地叫他们出去。新力抽出了火线，拉着，同时鼓励人们不投降。王志文动摇了，什么也不听地跑出去。王志文在敌人面前跪求着："太君，太君，饶了命吧！"但鬼子用刺刀把王志文刺死了。

新力抛下去一个手榴弹。但年轻的工人不是优秀的掷弹手，手榴弹没有扔准，没炸死人，敌人气呼呼地乱嚷着又爬上山坡。新力叫道："同志们，咱们死不投降，死在一起好了，我还有一个手榴弹！"

他一手把手榴弹举近自己的额头，一手扯紧火线。看着敌人近了，他说："你来！你来！"火线扯断，轰的一声，一个鬼子滚下山坡，敌人的大腿被炸断了。被炸的鬼子嗷嗷地叫着，旁的鬼子也都滚下去了。

新力以为自己也死了，摸摸自己的头，仅头皮去了一小块，人还是好好的，洞内的伙伴也都没有受伤。抗日的手榴弹在这里也都清楚了谁是敌人谁是制造它的主人。新力跳起来说："跑！"大家像一阵狂风，从敌人旁边跑开了。

四、开饭铺的老人

娘子神一个开饭铺的老头子被敌人抓去，敌人打他，要他说出坚壁东西的地方，他咬着牙死也不招。敌人打着他的孩子给他看。他心疼极了，说："拿颗子弹把我打死得了，拿小孩子磨折干什么？弄死孩子我也是不说的。"敌人用水灌他，在敌人的面前他知道是活不下去的，不如索性倔强些，死也死得痛快。

他对着敌人说："这一桶凉水还不够我漱口哩！"敌人把他灌晕了。

晚上，又醒转逃了出来。他向人们说："日本鬼跟八路军是不能比的，一个地一个天，这回我可知道了。"

五、李志民只伤了臂

完县××村李志民被敌人抓去了，敌人用火烧他，要他招出"八路军的枪、弹藏在哪里"？他不愿再受火铁烧烫的折磨，说："走，我领着去。"一个特务跟他去了。走到村南山坡上，乘特务不备，捡起一块石头飞去把特务的枪打掉了。他又扔了一块石头，没扔准特务。特务拾起枪追上去把他抓住。他气力小，知道斗不过敌人，就往地上一躺不起来了，说："随你吧，反正我不说！"

特务打了他两枪，以为他死了，就走了。但枪弹只伤了他的臂，他没死。

六、中队副的父亲逃了回来

唐县××庄刘庭×,已经是六十多岁的老头子了,他是中队副的父亲。他的孩子在反"扫荡"中把工作坚持得很好,始终没远离村庄,日夜监视着敌人,掩护群众转移。但是刘庭×却被敌人搜出来了。

"说出来,八路军的枪支藏在哪里?"敌人拷打着老头子。

老头子捋着自己的白胡须,心想着儿子的英勇和光荣,不说话。

敌人用水灌他,敌人用棍子压在灌满水的肚子上,刘庭×吐着水,不招。

敌人治了他三四次。他下了决心,心想:现在是只有找死路了,反正活不成,还是自己死去吧。他向敌人说:"我老糊涂了,我知道枪在哪里,跟我走吧。"

两个敌人牵着绳头,扶着他走。山,爬过一个,又一个。越走越高越难走了。敌人问着:"老头子,路怎么这么难走?"

"嗯,嗯,八路军的枪可藏得好着哩。"他答。

现在,走到一条窄路,下面就是百丈悬崖,他想:这是一个好去处。

颤抖的手指着崖下说:"这里,是八路军的枪支!"话未完,他已经跳下崖去了。

在他,心想:跳下去,一定会带个把敌人下去的。哪知敌人早防着了,绳头依然还在敌人手里。敌人把他又拉上来了。

敌人打了他一顿,带了回去。晚上,这个老人却挣脱了绳子逃走了。

七、倔强的粮秣(mò)主任

小长峪村名叫顺子的粮秣主任给敌人抓住了。

敌人问他:"你是干部不?"

"不。"他说。

但被人告密了,敌人知道他是粮秣主任。敌人问他:"你是粮秣主任,那总知道公粮坚壁在哪儿了?"

"我不知道。"

"你怎么不知道呢?"敌人用棍子打他。

"公粮,那我怎么知道呢?"

"谁知道?"

"不知道。"

敌人火了。用剃刀把他的头皮刮下了一片。他越倔强了，连说几个不知道。敌人把他脑后的骨头，刮得格格响，他满头满脊梁是血，而牙齿是咬得更紧了。

敌人看这不行，就用棉花绑在他身上烧，皮肉焦了，顺子的嘴闭得更紧，哼也不哼。

一个汉奸装出一副慈悲相说："你就说出个把洞，说已经被我们挖了，不就得了吗？"

"不知道就是不知道！"他回答。

"你真是的，说先前知道现在不知道了，不就不受罪了吗？"

"放你臭屁！"他气极了，"是中国人就不能让一颗公粮被敌人抢去！谁像你们这把子汉奸！"他大骂起来了。

他知道在敌人面前除了死是没有第二条路的。他，就在骂声里被人挑死了。

这个倔强的好男儿躺倒了。太阳在晴空照着，他身上闪耀着民族的光辉。

（原载 1943 年 6 月 24 日《晋察冀日报》）

"囚笼政策"的毁天及其他

一、"囚笼政策"的毁灭

日本人曾经不厌其烦地吹嘘过他们的"囚笼政策"。他们在华北筑下万里长城似的沟堡，想用这条蛛网似的链带活活囚死八路军和抗日的人民。我们曾经在敌人沟堡封锁下有过一段艰辛的历程，敌人曾经在他们的报刊上拍手大笑地吹嘘过他们的收获。但是，我敌后军民更加团结英勇战斗，粉碎历次"扫荡"，克服灾荒困难，深入敌后之敌后，抗日的力量日益壮大，地区日渐巩固和扩大。曾几何时，日本人逐渐对其沟堡政策失去兴趣，到现在敌人已经在悲哀地叹息沟堡的没落了。日本人想囚死的是我们，而今天让我们看看是谁囚住了谁、这是谁的"囚笼"吧。

今年春天以来，特别是最近数月来，边区子弟兵积极配合正面作战，勇猛活跃于沟外平原地带，接连攻克和逼退敌伪碉堡，如果你拿今天沟外的景象来和数月前比较的话，你会惊讶，惊讶它的面目大不相同了。

完县山前，不久以前还有三十几个堡垒，今天只有十三个了，而这十三个也是摇摇欲坠。定唐有两个区只有一个堡垒。远处敌后之敌后的望定县已由五里一堡的形势，变成全县只有一个堡垒了。炮楼变得稀少了，两个炮台之间往往有一大段空隙，我们的军队可以堂堂地在敌人的面前歌唱着通过。完县塔山坡堡垒是个鬼子的炮台，从前他见了背枪的就打，现在不敢打了，见了八路军在炮台底下过，有时也只是嚷嚷："八路三个五个溜达的有，看到的，看到的！"村里去报告说有八路军，鬼子班长只得摆着两只手说："没有法子大大的！"

完县峨山炮楼鬼子成天不敢下来，每天只是黄昏时出来趴在围墙上向外看看。村里一有人声狗叫，鬼子就钻进了炮台，再喊也不出来了。今年开展大生产，鬼子过去修路糟蹋了好些田地，人们决定要种上它，以增加生产。伪村长找到了鬼子班长，说："汽车道上八路军种地的有？！"表示八路军要在公路上种上庄稼。

"八路军种地的有，我大大的没有法子，我大大的没有法子……"鬼子一听说八路军要在汽车道上种地，他就说没办法了。

是的，敌人深知他分散驻防的缺点，八路军说要拿下哪个炮楼哪个便必定要毁灭。定唐北罗堡垒伪军说："这地方八路军要打咱们还不是随便的事吗？"西店头敌军说："八路军大炮机枪和我们里面军（指日本军）一样样的，我们人小小的，八路十个我们一个，炮台没法子的！"完县下庄鬼子听说我们要挖地道攻炮楼，吓得一天向城里连去了好几回信，要求不驻炮楼，说是"危险大大的"！当天天没黑，鬼子就夹着尾巴逃到城里去了。驻守在这里的敌伪对八路军的力量是深有体会的。

过去敌伪经常到村里来转，现在没事轻易不下炮台，一般地都想着：只要炮台和生命没有危险，外边天大的事也不管。沟有的被平为田地，电线也不挂了，整天闷在堡垒里，过一天算一天。在眼下，对于堡垒最重要的事已经不是怎样打击八路军，而是如何才能避免去消灭他们。

峨山堡垒的鬼子听到晚上我部队向别的堡垒喊话，第二天就把伪村长叫去问："我的房子的喊话一次的没有，为什么？""你们好吧，不喊。"伪村长随口答应着。这一下可把鬼子们乐坏了，跳着笑着高兴了半天。他们为自己的命运而高兴，他们的命运是握在八路军的手里的。定唐西店头的鬼子老是问伪报告员："我的心怎么样，没有坏了坏了的吧？！"等到对方给以肯定的答复，就欢喜了，他知道八路军的耳朵是倾向于群众的，群众说他坏，八路军就先去把炮楼拿了。最近，他们出门，鬼子班长脸上被我军打中了一枪，没死，他很高兴，逢人便说："我的心好的，所以伤轻的，要是心坏了，只差半寸，我可以死了的有！"这个日本的军曹已经早把"武士道"丢到东洋大海了，在他，只要求自己能像阿Q似的活着就行了。

定唐北罗伪军炮楼被部队围困了好几天，因为那个炮楼经常勒索群众的钱财。有一次他们出来想弄点米吃，也被我们打伤了三个人。伪军得不到其他堡垒的援助，也没有人同情，他们从敌人那里得到的只是一股子的埋怨。西店头的鬼子看到我们追击北罗伪军的时候，大家只是趴在堡垒上发呆，鬼子班长说："北罗的警备队心坏了坏了的，抢老百姓的东西，八路才打他。"事后，温家庄的翻译官去探查被我军打击受损失的原因，昔日的骄横的气焰已经是过去时了，翻译官不从敌我的对立和战术上来检讨这次的失败，他说："谁叫你们随便到外边去乱跑，好好待在炮台里不得了吗？下次谁也不许到外边去，死了人就活该！"伪军在此也只好自认晦气，面对强大的八路军，你叫他还能做些什么？留给他们的路只有闷在堡垒里，等待着堡垒和自己的最后的时日。

可是待在堡垒里也是得不到安生的，驻口底的唐县伪警备队是尝过被围困的滋味的，他们抓了村里人，我们当下就给以小惩罚，把炮台围起，不让他们有水喝。围了三天，伪军急了，冒险捧着洗脸盆偷偷出来打水喝，都被我们打回去了。有一次弄回去的水里尽是驴粪蛋，但是水在他们看来太贵重，即使是这样的水，伪军也让伙夫拿着杯子按量分发，不许多喝一滴。高和的伪军被围困了，只得吃蒸麦，没有人给他们磨面，好不容易报告员才上去一次，伪军看见报告员就拉住了说："你看看，咱们吃蒸麦又不麻烦你们，你说咱们怎么样？"岗北伪警察所的赵书记一天刚打了村里人两个巴掌，当天晚上我们的部队就去喊了话，把警告赵书记的小旗插在街口就走了。第二天早晨伪警察看见了，拿去找到赵书记说："你看看，说你哩！"赵书记呆了半晌，才说："好快呀！刚打了人就知道了呀？"他抱着被子睡了两天觉，就向上边辞职不干了。伪警察所长没答应，他就扔下钥匙偷跑了。

逃走，这是敌伪们的一条出路。现在敌伪逃亡的人数日益增加，完县沿山边的一个村庄，有十二个当伪军的，现在逃回务农的已经有了几个。伪警备队有的出发一次就逃跑三分之二。

伪军的苦闷是不能形容的，无聊在磨蚀着他们的生命。特别是敌人集中兵力驻防后，他们的情况是更加低迷的。伪军们不许出堡垒一步，连接见家里人都不允许。完、望、唐、定各个县城一日数惊，经常封闭城门，伪组织人员都分散着睡觉，害怕我们会攻进城去。伪军普遍这样反映："要请假回家，不准就装病。"有的地方一群小孩都能向伪军的堡垒喊话，一个游击组员就能封锁住堡垒的大门。完县的特务被闷得只好唱起八路军的歌子，日本宪兵队长听见也只好说："家里唱没关系，到外边去可不像话。"完县城里已经有好几个堡垒了，但是敌人还怕不保险，正在兴筑一个有七千砖才能摆成一周那样大的堡垒，准备着青纱帐起后，在八路军攻进城时死守县城之用。现在伪军没有什么操课，他们唯一的科目是打牌再打牌，无止境地混日子地赌博，唐县城里伪治安军每个班都有一副牌，成天无事就喊着："科目，打牌！"伪军们一般的反映是："坐炮台像坐监狱，咳！还不如模范监狱好呢！吃不上，用不上，还落一个汉奸的名字？！"在今天伪军中普遍哼唱着的已不是什么"哥哥妹妹"这类淫荡的曲调了，忧愁掩盖了一切，他们低吟着的是"我好比，笼中鸟，有翅难展"了！

二、"出发"的丑剧

今天在我们广大的平原，由于我军民一致向敌进攻，已经把城市和据点封锁住了。敌后游击区呈现出乡村困死城市的壮丽的局面。敌伪们谁也不愿出发找死。六月二十三日，王家营被我军围困住了，炮台在晚上燃起了求救的烽火，想求望都城的敌人来援助。烽火烛红了半个天，望都城里的伪军看见了，去报告班长，班长眼一瞪，动怒了，说："你这告诉我干吗？你愿意出发送死呀？说不定八路军在那埋伏着,睡大觉去吧!"这个情况没有报告上去,烽火依然在吞吐着它求救的火焰。城里伪警察所长后来巡城看见了,这个汉奸想在敌人面前卖弄忠实,集合了伪警和特务系要出发。临出发前,他到伪县政府去与伪县长联络,走到衙门门口,里面伪县长的卫队问了:"干什么的?"伪所长回答:"跟县长联络好出发。"里面一听说出发,就满不高兴,就嗥着:"口令!"伪所长说:"我是警察所长,你们还听不出来?!"里面发火了:"什么所长不所长,深更半夜地来捣乱!"里面啪啪地打起枪来,把所长吓得往后跑。伪所长回去气得慌,就带着伪警们去攻打县衙门。结果大打了一阵,伪县长以为是八路军进城了,吓得魂飞魄散,直到第二天才把事情搞清。伪县长向伪所长道了歉,但伪所长还不高兴,直到现在事情还没有解决。云彪高昌炮楼的伪警备队接连遭到我们九次扰击和追击,被打得七零八落,伪中队长李显德亲自到唐县城里伪县长面前请求:"但求一死,让我们到城里来驻防吧!再也不敢驻高昌炮台了。"伪县长没法,召集了唐县城仅有的两个中队,宣布:"谁要到高昌炮台去驻防,每月增薪三十元,钱先发给你们!"人们一个哼气的也没有。

伪县长说:"到高昌炮台去,你们要怎样就怎样,随你们自由!"这是说,到那里,伪军们可以随便抢杀奸淫,敌人是一直用这种无耻来激励士气的,但是还没有人去。这个地区的八路军和游击队是不许他们"自由"的。

"难道没有一个敢去的吗?谁去谁举手!"伪县长直感到自己命运的可悲,看向伪军们。伪县长的亲信的特务员,是个流氓,为表现自己的忠实,拍胸报了名。跟着,懒懒散散举起了三十来只手。两个伪中队长的手始终举不起来，伪县长让他的特务员任了伪中队长，一个破警察愿意去尝尝八路军的味道，他立时也任了这个伪警长。六月下旬，这批亡命之徒换了防，刚来时，装作里边有洋鬼子，谁也不许到炮台里边去。他们学洋鬼子呜里呜噜讲话，每天要二十斤香油、五十个鸡子，每村要二十斤白面。但不管是鬼子还是伪军，老百姓都不怕的。七月二日开始，各村与高昌炮台断绝联络，水也没人送，伪军们出来打水都被我游击队打回去了。四日，炮楼上没有冒烟，没有水，连炮台旁的鹿砦（zhài）也烧光了，这批亡命之徒没法，所以在十一日联络员又上炮台时，那个伪中队说："不要别的了，有点北瓜毛油就行！"他们在高昌驻得不久，就受够了八路军领导下群众力量的滋味，如果再待下去，那将全像李显德一样再去请求"但愿一死，再也不敢驻炮台"了吧！

敌人要想从死里挣扎，就要抢掠中国的资源，特别对他们作为"兵站基地"的华北是不会放松的，不管下面敌伪们愿意不愿意，也要逼着他们出发的。这里，让我们来看看他们出发时的丑态吧：在定唐砖路，我们四个到沟外去生产的游击队打跑了敌伪一百多人的"清剿"队。六月初，在云彪任家町，我军五十余人把完望两县去合击该地的敌人打得落花流水。望都伪县长吓得连马都骑不住，一只脚套住了马镫，被奔跑着的马拖了几里地，直拖得个半死。种地的老百姓看了不禁拍手大笑，叫唤着说："看看，这是县长，成了黄鼠拉鸡哩！"伪县长回到城里还吓得面如土色，浑身的土也没有掸去，一进城就叫闭了城门，连说："八路军太多，没有法子。"从此乡里老百姓再也看不见伪县长出发了，代替他的总是一个什么外交秘书。定唐温家庄敌人到

高和抢麦，抢了些麦却没有大车，大车被老乡们拆掉藏起来了，敌人只好抓了些个老婆子送去。六月二十七日，望都伪警备队、特务及伪组织人员不下二百余人，想出来抢粮，走到城外，遇到我游击队，被打了两土枪，就吓得沿铁道跑回城，闭门不出了。五月七日夜，唐县敌伪百余名出发到高昌时，天漆黑，敌人摸索着，时刻怕我们伏击，正在疑神疑鬼，天上打了一个雷，便吓得敌伪全趴在地下，嚷着："地雷大大的！"敌人诉苦："就是集中完、定、唐、望的兵力到高昌地区来也斗不过人家！"完县伪军反映："不出发抢麦不行，哪次出发都得留下个子（指被打死），咱们真是日本子吃高粱——没有法子！"①这就是敌伪

---

①敌人穷了，大米吃不上，无可奈何，只好吃高粱。

108

的士气，不但如此，敌伪士气的消沉还导致他握在手上的锐利武器的腐烂。定唐西大洋的敌人在六月十六日想来重修封锁沟，我游击队给了它两枪，敌人慌忙间架起钢炮就打。第一炮刚出口就炸了，射手炸倒了自己，换了射手再打，也打不远。第三炮又是刚出炮口就炸了。这下把鬼子弄怕了，扛起炮就躲到炮楼里去，不敢再出。这就是敌人出发的可笑的场面，恐慌把他们压碎了，这种恐慌，传到敌占区去就变成对八路军的神奇惊叹。敌占区城市里的人们往往用神话似的传说来传诵八路军的胜利和战术。一位刚从北平回来的人告诉我，在那里流传着八路军神出鬼没的故事，人们说，聂司令员经常只带着一个号兵，骑着马从太行山的这边跑到那边，什么时候他想把部队集合，号兵的号一吹，十万大兵就会飞也似的立即聚集在太行山的下边，以攻克城市，粉碎"扫荡"；什么时候他说分散，号角再吹，山下的十万大军立即一个也没有了。

这是神话，这只是表现出反攻前夜在敌封锁下的都市人民从敌伪恐慌中看出八路军的力量的喜悦和希望，但是我们"十万大军"进入都市之期已不再远。在今天，我们绝不骄傲自大，被胜利冲昏头脑，更要加紧作战，加紧生产，战胜一切艰难困苦，给反攻做充分准备。

三、定县城的震惊

第二战场开辟以后，定县城全城都颤抖了。谣言一日数起，城门经常关着或仅留一个小门好出入，检查户口已成为人民最麻烦的事情，敌伪特务朝不保夕，诚惶诚恐，已经感到这接近他们死亡的边缘了。

第二战场开辟的消息传来没几天，我们印的捷报在一个晚上就贴到宪兵队日本人睡觉的床前。日本人早晨一起，看见了就摸着脑袋慌忙叫唤起来说："不行，八路军大大的呀！"然而使敌伪大为震惊的，还是大特务康荫芬被我军正法的事。敌热海队特务康荫芬是杀人不眨眼的魔王，特别是在定县城附近地区，他犯下了数不清的罪恶，捕杀干部，逼害人民，使定县的人民恨之入骨，人人想得而杀之。定唐×区依着人民的请求，于六月初旬，派了杨××等两个锄奸组去捉他。杨××把头发留得长长的，像个特务，带着一把尖刀一支短枪就钻进了西关。姓康的住的大院子前后都住着伪治安军，在门口站着岗。要把他弄出来是不容易的，但是八路军的锄奸组员是勇敢机智的,他们直向康家的大门走去,站岗的问:"干什么的?"他们说:"日本宪兵队办案的!"他们一直冲进了里边院子里,康荫芬认得杨××,一见他们进来,说声"不好",刚想跑,来人的枪就抵住了他的胸膛。

"不要动。"杨××说,"上边叫你去说话,你的事情自己知道!"康荫芬慌忙摸出一大把伪钞来求他们饶命。

杨××们不要钱,说:"公事公办,这点怎么够你老子花!"上去就两巴掌,打得康荫芬昏闷闷的,装得越来越像个特务了。

院子里围了好多伪治安军看热闹,伪军官出来一看,骂着士兵说:"人家办案的,你们看什么,走开!"把看的人都轰散了,伪军们对特务向来是以闲事少管为妙,特务的滋味他们是尝够了的。

"大爷,你饶了我吧!"康荫芬又拿出一把伪钞献给杨××。

杨××急于想走,接过伪钞拉着他说:"得,这还像话,走,跟我们走,上边的命令,不走也不行!"康荫芬抵死也不走,哭求着,他家里大小都在地下跪着哭求饶命。

这里,是不能久待的,他们执行了上级的命令——"如果捉不出来,就地正法好了"。他们用刀子就把他刺死了。

但是,杨××们不愿空手回去,要带个见证回去。他们把啼哭着的康荫芬的女人提着就出去了。经过门岗他们大喊大嚷着"上面叫你去问句话就放你!""你做了什么事你自己知道!"就通过了。他们把那女人一直带到定南县去。

自这件事发生后,敌伪特务人人自危,普遍反映:"八路军要捉你,逃到天边也不行!""还是做点好事吧,下次可不敢再坏了,再坏脑袋就得搬家。"城里流传着:"八路军有八个手枪队进了城啦!"敌人连日闭门断绝交通，严查户口。有一天正在戒严的时候，城上五步一哨也站着岗，一个犯人刚从监狱逃出来，站岗的见他形迹可疑，上去问他，他没法，只好大声说："我们是八路军，来攻城的！"伪军、伪自卫团听说是八路军，吓得一哄而散。人们嚷着："八路军进城了！"这个犯人也趁机跑了。这时敌热海队正加紧了肃军肃特工作，伪军特务们是愈感恐慌了。

康荫芬死后一星期，在定县车站的空车皮上，我们挂上了一个地雷，日本鬼子看见了，下车去抱，刚抱就炸了，那个鬼子死了。敌人更加恐慌了，说："到处有八路！"为此他竟把伪警务队全部给抓起来了，伪军、伪组织人员和特务，更加恐慌和动摇，纷纷搬家，离开敌人。

城里商业也更加萧条，商人们也搬出城来，伪钞不仅在城外难以使用，在城内的市场也缩小了，人们说："反攻了，鬼子票还不抵一张烂纸！"纷纷把伪钞往外推，伪钞的市价也低落下来了。

（原载 1944 年 8 月 11 日《晋察冀日报》）

曲阳一区反"扫荡"中的英雄和人民

　　家乡的曲阳一区,系此次敌寇"扫荡"三分区的重点之一。由于群众英雄主义的发扬,全区群众在英雄干部的领导下,对敌展开激烈的反"扫荡"斗争,经旬日来在严冬风雪凛冽中英勇苦斗,终于粉碎敌寇残酷的突袭"扫荡",展现了该区对敌斗争的新面貌。此次敌"扫荡"三分区,依靠其在山地边缘之据点(如灵山等地),轻装向我山地反复奔袭"扫荡",曲阳一区除个别村庄外,各村皆受到敌寇糟蹋。敌寇施予我群众身上的毒害是极为凶狠的。但经历七年斗争的群众并不向敌人毒手屈服,恰恰相反,人民对敌寇的打击是更加沉重的。旬日来,该区人民武装共作战五十余次,爆炸地雷三十五枚,杀伤敌伪三十三人(均系不完全统计),这个数字在一区与历次反"扫荡"开始之旬日间的战绩相比是空前的。这里面,群众在斗争中有着许多生动的事迹。

英雄联合作战

　　十二月四日,灵山敌开始侵犯我山地解放区,时值曲阳区村英雄大选胜利完成和县群英大会在该区热烈进行之际,大会精神虽未完全贯彻到群众中去,但参与区、县大会的英雄却已经过初步的经验交流,受到大会的教育,为群众服务的精神已经为群英所进一步接受。特别是该区为李殿冰的家乡,群众在李殿冰的号召下,发扬新英雄主义,更显示出其蓬勃的生气和伟大的力量。自三日县群英会得到"扫荡"一分区之敌转移西来和灵山增兵的消息后,即派出郎家庄战斗英雄张文生、宋家庄战斗英雄张二才和李殿冰分兵把守一区敌来路要口,为保卫群英会的胜利和群众利益而战,各英雄都决心给予来犯之敌以有力打击。三会战斗英雄刘午柱说:"我开了英雄会以后,知道英雄尽是实际干出来的,别的地方英雄都得到好多成绩,今年我们得好好干一下。"张文生说:"过去我不敢逼近敌人单独作战,现在我要学习李殿冰为群众而近距离作战,一定要打头一炮,郎家庄不能让鬼子白过去!群英大会的英雄们看我们的进步吧!"王护村战斗英雄张健河过去觉得自己并不比李殿冰差,这次在区选会听了李殿冰的报告,深感自己群众观点的薄弱而呼出:"我要更好地为保卫群众利益而战斗!"全区民兵游击队震惊了,都叫喊着:"如果群英会和群众受到损失,那是我们的耻辱!"英雄大会所发扬的新英雄主义的精神,激励了全区英雄和群众。

四日晚敌来,郎家庄并没有让鬼子白过去。虽然敌人行动诡诈,但仍被他们发觉。他们打了第一炮,随着枪声的响起,地雷怒吼起来,炸死伪绥靖军一名。他们一面抗击,一面领导群众转移,等群众转移后,张文生的游击小队即在东山白岭坡与敌激战,杀伤敌伪两名。敌五十余人接连冲锋三次,也没有拿下游击小队的山头阵地。敌无奈,只好败走。刚走,该村游击小队又进行尾击,毙一翻译官。与郎家庄对敌展开游击战的同时，竹林、仁景树等村小队也由西夹击敌人，李殿冰的游击小队这时也南下扭住敌人痛打不放，直把敌人逼到下高堡，下高堡游击小队在战斗英雄赵银锁的领导下也前来迎击，敌人只好躲在村里乱打机枪。下高堡是县群英会开会的地方，赵银锁埋在会场上的地雷早就在等待着了。是日敌触响了地雷十枚，吓得连房都不敢烧就奔武家湾去。在武家湾，敌又先后触雷十四枚。敌在武家湾驻"剿"三天，全区各村游击小队均逼近封锁敌人，张健河为保卫群众把雷埋到村边，炸死敌一名，王护村、武家湾、范家庄各村在三天内连日组织了五次夜袭的战斗。范家庄游击小队过去没有起过作用，今年该村生产很好，但在战斗上落在人后，于是，他们急起直追，积极打击敌人，保卫群众，该村没有任何损失，也表现了空前的进步。七日，敌三会我军，该村战斗英雄刘午柱率领游击小队狙击敌人，把敌人吸引过来使部队得以安全转移，他们又在部队掩护下脱险归来。八日晨，该村用大枪与地雷结合之战法，使灵山来敌触响头号雷，炸死敌伪三人，伤四人。十一日晚，"扫荡"三分区之敌多集结于干河沟、郎家庄、竹林一带，各村游击小队均逼近封锁敌人，当日敌在郎家庄集合时触响一雷，被炸得血肉乱溅，死人之中有中队长一名。十二日，该村游击小队为取得确实情报进行埋雷，敌一夜四次袭入该村，晚上敌伪触响雷五枚。这几天，我军每日与敌激战，各村民兵和群众日夜振奋忙碌，给部队抬担架，做饭送水，配合作战，特别是仁景树战斗中，各村群众均站在前线欢腾、呼唤，激励子弟兵杀敌人。十三日晚，敌有撤退的迹象，仁景树、三会各村又联村组织反夜袭和追击的战斗，连夜战斗，直至天明，敌逃回灵山，共伤敌三名。此次反"扫荡"战役，各村均逼近封锁敌人,消息灵通,岗哨健全,不见敌人不倒山头哨,不打一溜沟的信号弹①,各村联合作战,对敌人"管接管送"②,到处游击敌人,群众空前兴奋,情绪愈战愈旺。

组织起来

　　全区各村皆表现出空前的组织力量,英雄在前方侦察战斗,英雄在领导群众转移,群众则处处在援助前方。群众在英雄领导下有组织地进行战斗,如九日敌分三路夜围高堡东沟,游击小队舍命抵抗,边喊边追,群众从睡梦中惊起,使得在干部领导下全数转移脱险,群众对干部和游击小队感动地说:"这回得以再生,全靠游击小队的救护。"郎家庄不仅在作战上好,在保卫群众的安全上更有其光辉的成就。这村在转移群众上已积累了数年的经验,战时即建立第二家庭,变山沟为乡村,不仅人有地方住,即使是牲口亦有藏身之处。该村中心领导组织健全,各种组织也能在中心组的领导下很好地进行其部门工作,各组织均经常举办会议,高度发扬民主,以更好地团结一切力量对付敌人。该村岗哨健全,在情况紧张时,游击小队分七组靠近敌人,放哨民兵则放出十四班岗位。每日干部用号筒在山头上把情况和应做之准备工作广播给各山沟的群众,甚至连吃饭睡觉等日常生活问题都做了具体统一的规定,一有紧急情况,民兵即把消息告诉各处老乡,由干部带领转移。在这样严密的组织下,该村群众今年没

---

①过去前边发现敌情,后边也打信号弹,一打一溜沟全打,浪费甚大。
②意即敌来抗击,敌走时追击。

有遇到任何危险，没一人被敌捕捉。该村的宣传工作在战时也很健全，文救小组经常向群众做宣传鼓动工作，各户门上都写着瓦解和争取敌伪军的口号，地上也撒了不少传单。该村的失足分子也都组织起来，使其能很好地安心为国家服务。干部在战前已把抗属的困难问题全部解决，在反"扫荡"中又及时解决了贫民的棉衣吃食的困难，合作社干部背着米、盐到各处卖给缺粮户，对贫民则设法贷款或赈济。游击小队打下的牲口牛羊当即交还各村原主，不受奖酬。敌人在武家湾烧了房，郎家庄游击小队远驰前往把火扑灭。群众的一草一木，都爱护甚于自家。张文生给予游击队员们的教育，他们时刻记在心怀。游击队员王栋等两人有一次去侦察，敌人伪装混在我被俘群众中，乘王栋等不注意将王栋抱住，王栋挣扎脱险，但他们见有群众被捉，当即抗击敌人，解救被俘群众三四十名。王栋在危难中尚不忘解救群众，其重要原因之一是英雄张文生经常给予教育，同时，张文生今年是大大进步了，过去他个性强，作风不大民主，今年他不要任何不好的态度，对队员爱护有加，作战在前，吃饭在后，什么都经过全队民主讨论。在这种友爱精神的感动下，他的游击队员更热切地关心群众了。郎家庄对于其他村庄的战友和群众也是一样关心的。有一次仁景树的游击小队转移到该村，郎家庄游击小队把自己的柴米供给他们，放了警戒把自己打的柴给仁景树的战友们烤火，使仁景树不得不感动地说："人家到底还是比咱强呀！"干河沟与郎家庄除有同样坚强的战时组织外，干部对群众的关怀也极为细致，战斗英雄颜梅峰等从群英会回来，传达了英雄们为群众服务的事实后，干部们说："人家是干部，咱也是干部，为什么不如人家呢？"此次敌在该村住宿一夜,对该村包围一次,反复袭击三次,该村群众由于干部、英雄领导得法,未受损失。该村与邓家店(边区内地集市之一),系一个行政村,该村群众三百人大都依靠集市过活,战时集停,有的群众生活无着。但这村没有一人挨饿受冻的,合作社熟悉全村每户的情况,大队干事、合作社主任颜梅峰和村长张二刚(是该村英雄)热爱着人民,率领干部背着米、盐挨户送给群众。在战时,群众个个穿上棉衣,贫民由干部设法解决其衣食的困难,每天干部都带一罐油到处供给群众吃用。每有情况,游击小队警戒,随时把敌情告诉中心组,传达给群众,转移时干部给群众携儿抱女,率领群众转移。十三日,敌住干河沟,群众都在离村一里地的沟内,村长、抗联主任反复在深夜数次引领群众转到××庄。群众离敌不及五里,但均安心住在村内,不畏寒冷,他们以生命信任着干部,群众有片刻不见干部就要找寻打听消息,这和过去不愿与干部在一起是迥然不同的。干部也把维护群众的生命财产的重任放在自己肩上,整夜不睡,轮流到各户巡视安慰。特别是对抗属、灾民最为关怀,每转移至一地,先给他们找吃食、住处,抗属和群众都睡好吃饱了,干部才去吃饭。村长每夜都到抗属住处巡视,看炕烧热了没有,抗属睡得安生与否。在干部的关怀下,群众离敌一二里地也敢安心睡觉。他们对别村逃来的群众也是同样看待,帮助各村干部解决吃用的困难。干部看游击队员日夜奔走作战侦察十分辛苦,都主动把皮袄披在队员们的身上,并给他们做饭放进背包,好让队员们作起战来更方便些。

干部们对自己却是十分严格,稍有不对,即展开相互批评和自我批评。当敌"清剿"该地区时,该村与宋家庄及唐县梭头等村联合封锁敌人和组织群众千余人转移。群众对干部们都感激涕零地说："没有他们，咱们全家早饿死冻死了。"群众对他们爱护若亲人，纷纷送大米、肉、菜慰劳他们，干部不要也不行。伤残军人老赵和商人何家海主动拿粉条、酒、菜去慰劳，说："你们在前方冷冷煎熬的，咱在山沟里安安生生的，要没有你们，咱们哪里能从村里弄得出这些来！"英雄、干部和群众是怎样密切地团结在一起呀！

军民关系也是空前团结的，群众为了配合前方作战日夜奔忙。特别是青山村的拥军工作，迄今犹使驻扎的军队绝口称赞。曲阳拥军模范贾老峰是该村人，由于他的影响，该村的拥军工作也被带动起来了。该村对待军队犹如家人，住宿时莫不殷勤招待，有的军人没有盐吃，虽该村存盐不多，也发给每人四两。军队住在该村，不受任何困扰，群众都住在山沟里时，只要军队一去，柴、米、锅、油什么都有人拿来。对伤病员更加亲切照顾，伤病员经过该村，都吃面煮汤，绝不遭难。

事实证明哪里有英雄，哪里的英雄好，哪里的工作就好，群众就受到好处。新英雄主义的灿烂光芒已经四散显示其伟大的力量。一区的反"扫荡"，已经给予我们充分的证据和信心了。

（原载 1945 年 1 月 1 日《晋察冀日报》）

图书在版编目（ＣＩＰ）数据

狼牙山五壮士的故事：战地记者-沈重作品集 / 沈
重著. -- 北京：民主与建设出版社，2021.4
（红色经典文学丛书 / 吴迪诗主编）
ISBN 978-7-5139-3480-0

Ⅰ.①狼… Ⅱ.①沈… Ⅲ.①报告文学—作品集—中
国—当代 Ⅳ.①I25

中国版本图书馆 CIP 数据核字(2021)第 066155 号

狼牙山五壮士的故事：战地记者——沈重作品集

LANGYASHAN WUZHUANGSHI DE GUSHI: ZHANDI JIZHE ——SHENZHONG ZUOPINJI

著　　者	沈　重	
责任编辑	王　维　郝　平	
封面设计	博佳传媒	
出版发行	民主与建设出版社有限责任公司	
电　　话	（010)59417747　59419778	
社　　址	北京市海淀区西三环中路 10 号望海楼 E 座 7 层	
邮　　编	100142	
印　　刷	湖北恒泰印务有限公司	
版　　次	2021 年 6 月第 1 版	
印　　次	2021 年 6 月第 1 次印刷	
开　　本	710 毫米×1000 毫米　1/16	
印　　张	8	
字　　数	89 千字	
书　　号	ISBN 978-7-5139-3480-0	
定　　价	28.80 元	

注：如有印、装质量问题，请与出版社联系。